書下ろし

剣鬼攻防

介錯人・父子斬日譚④

鳥羽 亮

祥伝社文庫

目次

第一章　闇討ち

1

「矢島、急ぐか」

青山庄兵衛が、矢島新次郎に声をかけた。

ふたりは、神田川沿いの道を和泉橋の方にむかって歩いていた。神田明神下の松島屋という料理屋で飲んだ帰りである。

青山は一刀流の道場主で、道場は和泉橋を渡った先の神田豊島町一丁目にあった。

一刀流の祖は、伊藤一刀斎景久といわれている。その後、一門から小野派一刀流、忠也派一刀流、中西派一刀流、甲源一刀流……など、様々な一刀流の流派が道場を開き、門弟たちを集めていた。

一刀流の道場で修行した後、豊島町に道場を開いた青山は、勝手に青山一刀流を名乗ることもあった。

この日、青山と師範代の矢島は、門弟だった吉松政之介が旗本である父親の跡をついで御納戸組頭に出仕することになった、その祝いの席に呼ばれた。

祝いの席といっても身内だけで行われたもので、出席者は吉松家の者とわずかな親戚縁者、それに道場主の青山と師範代の矢島である。

幕府の御納戸頭は、将軍の手元にある金銀、衣類などの出納や、大名や旗本が献上した金銀、衣類などを取り扱っていた。

その御納戸頭の下にいるのが御納戸組頭で、組頭の配下には御納戸衆、御納戸同心などがいる。

青山と矢島は吉松家を出た後、飲み足りないこともあって、その帰途、松島屋に立ち寄ったのだ。そして、ふたりは松島屋で飲んだ後、道場へ帰るところであった。

「静かですね」

矢島が足を速めながら言った。

月夜だった。辺りは夜陰につつまれていたが、月明かりで提灯はなくとも歩けた。すでに、町木戸の閉まる四ツ（午後十時）ちかかった。通りに人影はなく、通り沿いの店は表戸をしめて、洩れてくる灯の色もなかった。聞こえてくるのは、神田川の流れの音と岸辺に群生した葦の風にそよぐ音ぐらいである。

前方に神田川にかかる和泉橋が、夜陰のなかに黒く横たわっているように見えた。橋の上にも人影はなく、黒く巨大な化物のようである。

青山と矢島は、和泉橋を渡るつもりだった。

「橋の袂に、だれかいるぞ」

青山が言った。

見ると、和泉橋の袂の岸際に植えられた柳の樹陰に人影があった。樹陰は闇が深く、黒い人影がかすかに識別できるが、男なのか女なのか分からない。

「夜鷹ですかね」

矢島が、樹陰に目をやりながら言った。

夜鷹とは、夜中に路傍で通りかかった男の袖をひく売春婦のことである。

「夜鷹なら、柳原通りに出るはずだがな」

青山は、樹陰に目をむけた。

柳原通りは神田川の対岸沿いにつづいており、土手際に柳が植えられていることから、柳原通りと呼ばれている。

青山と矢島が、和泉橋の袂に足をむけたときだった。

柳の樹陰から、人影が姿をあらわした。ふたりである。暗がりで、ようやく男であることは知れたが、身分は分からない。ふたりは、岸際から足早に和泉橋に近付いてきた。

「おい、武士だぞ！」

青山が言った。

月光に浮かびあがったふたりは、小袖に袴姿で二刀を帯びていた。

「つ、辻斬りですか」

矢島が、声をつまらせて言った。

「そうかもしれぬ」

青山は、武士が夜遅く通り沿いの樹陰に身を潜めていたとすれば、辻斬りか盗賊の類いとみていいと思った。

「どうします」

矢島が足をとめて訊いた。逃げ腰になっている。

「相手はふたりだ。おれたちふたりが、辻斬りを恐れて逃げ出したことが知れれば、笑い物だぞ」

青山は、近付いてくるふたりの武士を見つめながら言った。青山には、剣術の道場主としての自負があった。それに、青山道場は、和泉橋を渡ったすぐ先にあった。この橋を渡らなければ、遠回りになる。

青山はふたりの武士にかまわず、和泉橋に足をむけた。矢島は、慌てた様子で青山についてきた。

ふたりの武士は、青山と矢島に近付いてきた。

「待て！」

と、大柄な武士が声をかけた。月明かりのなかに、二つの目がほの白く浮かびあがったように見えた。肩幅の広い、がっちりした体軀の男である。

もうひとりは痩身だったが、腰が据わり、身辺に隙がないことから剣の遣い手と知れた。

「おれたちに、何か用か」

青山が訊いた。

青山は近付いてくるふたりに体をむけると、右手を刀の柄に添え、左手で刀の鍔元を握って鯉口を切った。抜刀の体勢をとったのである。

脇に立った矢島も、いつでも刀の抜けるような体勢をとった。

「一手、御指南を仰ぎたい」

大柄な武士が、薄笑いを浮かべて言った。青山と同じように右手を刀の柄に添え、いつでも刀の抜ける体勢をとっている。

もうひとり、痩身の武士も刀が自在に遣えるように、大柄な武士からすこし間をあけ、抜刀体勢をとっている。

「うぬら、辻斬りか！」

言いざま、青山が抜刀した。

すると、対峙した大柄な武士も、刀を抜いた。

近くにいた矢島と痩身の武士も抜刀し、切っ先をむけて対峙した。


青山と大柄な武士の間合は、およそ二間半――。

青山は青眼に構え、大柄な武士は八相に構えをとった。ふたりとも剣の遣い手らしく、構えに隙がなかった。

ただ、大柄な武士の目にむけられた青山の切っ先が、かすかに震えていた。酒の酔いのせいである。青山には、松島屋で飲んだ酒の酔いが残っていたのだ。

「おい、切っ先が笑っているぞ」

大柄な武士が、揶揄するように言った。

このとき、大柄な武士の八相に構えた刀身が月光を反射し、夜陰のなかに青白い陽炎のようにぼんやりと浮かび上がった。

「……見難い！」

青山が目を瞬かせた。

「月の明かりも、役にたつな」

言いざま、大柄な武士は大きく踏み込み、一足一刀の斬撃の間境を越えた。

刹那、青山の目に、青白い閃光が袈裟にはしった。

咄嗟に、青山は刀身を振り上げて大柄な武士の斬撃を受けようとした。

だが、間に合わなかった。

ザクリ、と青山の羽織が肩から胸にかけて裂け、血が飛び散った。

青山は血を撒きながらよろめき、足をとめると、腰から崩れるように倒れた。

地面に俯せに倒れた青山は、苦しげな呻き声をもらし、顔を上げようとしたが、いっときすると動かなくなった。息絶えたようだ。

この間、もうひとりの痩身の武士が、師範代の矢島を仕留めていた。矢島は首を斬られ、飛び散った血が赤い布を広げたように地面を染めている。矢島は、かすかに四肢を動かしていたが、いっときすると息の音が聞こえなくなった。

「伊沢、ふたりの財布を抜き取っておけ。辻斬りと見せるためだ」

大柄な武士が、痩身の武士に目をやって言った。

痩身の武士は、伊沢という名らしい。

伊沢は、倒れている青山と矢島の懐から財布を抜き取った。

「長居は無用」

大柄な武士が言い、伊沢とともにその場を離れた。

2

狩谷唐十郎は、本間弥次郎と四間ほどの間合をとって対峙すると、

「入身迅雷、まいる」

と、声をかけ、刀の柄に右手を添えた。

一方、弥次郎は、居合の抜刀体勢をとったまま立っている。

入身迅雷は、小宮山流居合の技のひとつである。敵の正面から踏み込んで抜刀し、迅雷のごとく、迅く、鋭く、斬り込む技である。

ふたりからすこし離れた場所に立って、道場主であり、唐十郎の父でもある狩谷桑兵衛が、唐十郎と弥次郎の稽古の様子を見ていた。

桑兵衛がいるのは、道場の正面にある師範座所の脇である。

唐十郎、弥次郎、桑兵衛の三人は、神田松永町にある狩谷道場のなかにいた。唐

十郎は桑兵衛の嫡男で、まだ十六歳である。

弥次郎は、道場の師範代で、二十代半ばだった。小宮山流居合の遣い手である。

道場のなかには、道場主と師範代、それに道場主の嫡男の三人しかいなかった。門弟たちの姿はない。

狩谷道場の門弟はわずかで、今日のように門弟が道場に姿を見せない日もすくなくなかった。門弟が集まらないのには、それなりの理由があった。

理由は簡単だった。居合の稽古は面白くないのだ。それに、稽古に励んでも、自分がどれほど腕を上げたのか分かりづらかった。

この時代（天保年間）、江戸市中には剣術道場がいくつもあった。道場の多くが、防具を身につけ、竹刀で真剣勝負さながらに打ち合う稽古を取り入れていた。こうした稽古は、勝負の面白さに加え、自分がどれほど上達したかが分かる。そうしたことがあって、剣術を身につけたいと思う武士の子弟の多くに、居合の道場は敬遠されたのだ。

「いくぞ！」

唐十郎は声をかけ、居合の抜刀体勢をとったまま正面から素早く踏み込み、居合で抜きつける間合に入るや否や、タアッ！　と鋭い気合を発しざま抜刀した。

迅い！

シャッ、という抜刀の音が聞こえた次の瞬間、唐十郎の手にした刀の切っ先が、弥次郎の胸の先をかすめて空を切った。唐十郎は、切っ先が弥次郎の体に触れないように、わずかに踏み込みを浅くしたのだ。

一瞬、弥次郎は身を退いたが、唐十郎が踏み込みを浅くしなかったら、胸を斬られていただろう。

すこし離れた場所で見ていた桑兵衛が、

「唐十郎、いい踏み込みだ」

と、声をかけた。

弥次郎は、唐十郎の前に立ったまま、

「若先生、お見事です」

と、言い添えた。

「次は、水車をやってみる」

唐十郎が、弥次郎に目をやって言った。水車は、抜刀した刀を水車のごとく円を描くようにまわして、敵の真っ向へ斬り下ろす技である。

ちなみに、いま唐十郎と弥次郎が稽古しているのは、小宮山流居合の中伝十勢のなかにある技である。

小宮山流居合の中伝十勢は、唐十郎が言った入身迅雷、水車の他に、入身右旋、入身左旋、逆風、稲妻、虎足、岩波、袖返、横雲の合計十の技がある。

小宮山流居合には、中伝十勢の他に初伝八勢と奥伝三勢があった。

初伝八勢は中伝十勢の前に身につける基本的な技で、真っ向両断、右身抜打、左身抜打、追切、霞切、月影、水月、浮雲からなる。

そして、中伝十勢の先には、奥伝三勢があった。山彦、浪返、霞剣からなり、小宮山流居合の奥義といっていい。

その他に「鬼哭の剣」と呼ばれる特殊な技があったが、門弟たちに指南することはなく、小宮山流居合を継承している桑兵衛だけが身につけている。

「いくぞ！」

唐十郎が弥次郎に声をかけた。

唐十郎は居合の抜刀体勢をとると、スルスルと弥次郎に身を寄せた。そして、居合の抜刀の間合に踏み込むや否や仕掛けた。

タアッ！

唐十郎は、鋭い気合を発して抜刀した。

唐十郎の右腕と刀身が大きな弧を描き、水車のごとく回転したように見えた。そして、刀が弥次郎の頭にむかって振り下ろされたが、切っ先は頭上でとまった。唐十郎がとめたのである。

一方、弥次郎は唐十郎の切っ先から逃れようとして咄嗟に身を退いた。唐十郎の斬撃から逃れるために、体が反応したのだ。

「お見事です」

弥次郎が、唐十郎に声をかけた。

「いま一手」

唐十郎が声をかけ、弥次郎との間合をとって対峙した。

そのとき、道場の戸口から入ってくる足音がした。

姿を見せたのは、山室弥之郎という若い門弟だった。山室は御家人の次男坊で、狩谷道場に入門してから一年ほどしか経っていない。入門当時は休まず稽古に通っていたが、このところ姿を見せない日の方が多くなった。

「どうした、山室」

桑兵衛が訊いた。山室が、稽古のために道場に来たとは思えなかったのだろう。

「い、和泉橋の近くで、人が斬られました」

山室が、声をつまらせて言った。急いで来たらしく、息が乱れている。

「だれが、斬られたのだ」

すぐに桑兵衛が訊いた。門弟の誰かが斬られたと思ったようだ。

「武士がふたり」

山室は、道場内にいた桑兵衛と弥次郎に目をやって言った。なぜか、ほっとした表情である。

「斬られたふたりの名は」

桑兵衛が、念を押すように訊いた。

「分かりません。……ただ、剣術の道場主と師範代とのことです」

山室は、桑兵衛と弥次郎を見つめて言った。どうやら、道場主と師範代と口にしたことで、目の前にいる桑兵衛と弥次郎に繋(つな)げたらしい。

「現場は見ていないのだな」

「は、はい」

「だが、道場主と師範代が斬られたとなると、誰なのか気になるな」

桑兵衛が言った。

「父上、和泉橋なら、道場の近くです」

唐十郎が、身を乗り出して言った。

「行ってみるか」

桑兵衛も、行ってみる気になったようだ。

3

唐十郎、桑兵衛、弥次郎、山室の四人は道場を出ると、通りを東に向かった。そして、御徒町（おかちまち）通りに出ると、南に足をむけた。その通りの先に、神田川にかかる和泉橋がある。唐十郎たち四人は、足早に歩いた。いっときすると、前方に和泉橋が見えてきた。

「大勢集まってます」

唐十郎が足を速めて言った。遠方だが、和泉橋の袂に、大勢の人だかりができているのが見てとれた。

唐十郎たちは、和泉橋の袂近くまで来た。人だかりは、二か所にできていた。橋の袂と、すこし離れた神田川の岸際である。おそらく、そこに斬られた道場主と師範代が横たわっているのだろう。

人だかりのなかには、ちらほらと武士の姿もあったが、町人が多かった。通りすがりの野次馬だろう。神田川沿いの道を通りかかった者たちらしい。

唐十郎たちはまず、野次馬が大勢集まっているほうの橋の袂に近付いた。野次馬たちを分けるようにして前に出ると、地面に武士体の男が俯せに倒れているのが見えた。そのまわりに、何人もの若い武士の姿があった。

武士たちの間から、「お師匠……」「だれが、お師匠を斬ったのだ！」などという声が聞こえた。道場の門弟たちらしい。

唐十郎たち四人は、そうした門弟たちの間から、俯せに倒れている武士の横顔に目をやった。

「青山どのではないか！」

桑兵衛が、驚いたような顔をして声を上げた。その声で、倒れている男のまわりに集まっていた武士たちが、桑兵衛に顔をむけた。

「父上、斬られた武士を知っているのですか」

唐十郎が小声で訊いた。

「知っている。青山どのは、一刀流の道場を豊島町にひらいているはずだ」

「豊島町ですか」

唐十郎が驚いたような顔をして訊いた。

「そうだ」

桑兵衛は、近くにいる野次馬たちに聞こえないように声をひそめて言った。

「だれが青山どのを斬ったのだろう」

唐十郎がつぶやいた。辻斬りや通りすがりの者が、無謀にも剣術の道場主を襲うとは思えなかった。

「下手人（げしゅにん）は、腕のたつ男とみていいな」

桑兵衛が、そばにいる唐十郎と弥次郎だけに聞こえる声で言った。

「父上、下手人に心当たりは」

唐十郎が、桑兵衛に身を寄せて訊いた。

「ない、まったく」

桑兵衛は顔を険（けわ）しくして斬殺された武士に目をむけていたが、立ち上がると、

「もうひとりも、見てみるか」

と言って、別の人だかりに目をやった。

神田川の岸際にも、人だかりができていた。そちらには武士の姿がすくなく、通りすがりの者が多いようだ。

桑兵衛たちが近付くと、人だかりが割れて何人かの男がその場から離れた。

見ると、武士が地面に俯せに倒れていた。首を斬られたらしい。出血が激しく、地面を血で染めている。

桑兵衛は、倒れている男の横顔を覗(のぞ)き、

「見覚えはないな」

と小声で言った。

すると、そばにいた若い武士のひとりが、

「青山道場の師範代の矢島どのです」

とささやいた。若い武士は、青山道場のことを知っているらしい。門弟のひとりかもしれない。

「下手人に心当たりは」

桑兵衛は若い武士に目をやり、小声で訊いた。

「ありません、まったく……」

若い武士は、無念そうな顔をして言った。

「矢島どのと道場主の青山どのは、どこかへ出掛けた帰りにここを通ったのかな」

さらに、桑兵衛が訊いた。

「はい、青山さまと矢島どのは、昨日、門弟だった吉松どのの屋敷に出掛けられたのです。その帰りに、襲われたのではないかと……」

若い武士が、語尾を濁(にご)らせた。はっきりしないのだろう。

「そうか」

桑兵衛は、それ以上訊かなかった。訊いても、青山と矢島を斬った者たちが誰かは分からないと思ったからだ。

桑兵衛、唐十郎、弥次郎、山室の四人は、人だかりから離れた。

「このまま道場に帰りますか」

唐十郎が訊いた。

「せっかくここまで来たのだ。青山どのの道場を見ておくか」

桑兵衛が、唐十郎たち三人に目をやって言った。

「こっちだ」

桑兵衛が先に立った。

四人は神田川にかかる和泉橋を渡り、柳原通りに出た。柳原通りは賑(にぎ)わっていた。様々な身分の者たちが行き交っている。

柳原通りを東にむかった。前方に神田川にかかる新(あたら)シ橋が近付いてきたところで、

桑兵衛が「この辺りが、豊島町一丁目だ」と言って、足をとめ、

「確か、右手に入る道があったはずだ」

と言い添えて、通り沿いに目をやった。

「そこの古着屋の脇に道があります」

唐十郎が指差して言った。

見ると、通り沿いに古着を売る床店があった。その脇に、右手に入る道がある。

「入ってみよう」

桑兵衛が先に立った。

細い道だが、道沿いには八百屋、下駄屋など暮らしに必要な物を売る店が並んでいた。行き交う人のなかには、武士の姿もあった。

「あれだ、道場は」

桑兵衛が、路傍に足をとめて前方を指差した。

道沿いに、剣術の道場らしい大きな建物があった。側面は板壁になっていて、武者窓があった。

桑兵衛たちは、道場に近付いた。すると、道場のなかから男の声や床を踏む音などが聞こえてきた。恐らく門弟たちであろう。師匠の青山と師範代の矢島が何者かに殺

されたことを聞き付け、道場に集まったのではあるまいか。

「どうします」

弥次郎が、桑兵衛に訊いた。

「おれたちが、とやかく口を挟むようなことではあるまい」

そう言って、桑兵衛は道場を見つめている。

唐十郎と弥次郎も、路傍に立って道場に目をやっている。

「こうして見ていても仕方がない。帰るか」

そう言って、桑兵衛が踵を返した。

4

唐十郎たちが柳原通りに出掛けた五日後、いつものように唐十郎、弥次郎、桑兵衛の三人が道場で居合の稽古をしていると、戸口に近付いてくる足音がした。ふたりらしい。戸口の板戸があいて、弐平が顔を出した。

弐平は貉の弐平と呼ばれる岡っ引きだった。短軀で、顔が貉に似ていることからそう呼ばれている。

弐平の家は、狩谷道場と同じ松永町にあった。そのせいか、弐平は若いころ、門弟になりたい、と言って、桑兵衛の道場に来たことがあった。

桑兵衛は、どうせ長続きしまい、と思ったが、「やりたいなら、やってみろ」と言って入門を許した。

桑兵衛の読みどおり、弐平は一年ほどすると居合の稽古に飽きて、道場に姿を見せても稽古をやらなくなった。

しかし稽古をやらなくなっても、門弟だったときと変わらず、道場に出入りしていた。桑兵衛が、弐平に仕事を頼んだからだ。

桑兵衛は、切腹の介錯や刀の斬れ味を試す試刀などの他に、討っ手や敵討ちの助太刀を頼まれることがあった。そうしたおり、桑兵衛は岡っ引きの弐平に、依頼人の素姓や事件の経緯を調べてもらった。依頼人の話を鵜呑みにすると、逆恨みを買ったり、犯罪の片棒を担ぐ羽目になったりするからだ。

「旦那、青山源之助さまをお連れしやしたぜ」

弐平が、背後に立っている若い武士に目をやって言った。

桑兵衛は、どこかで見たような気もしたが、何者か分からなかった。

「それがし、殺された青山庄兵衛の一子、青山源之助にござる」

若い武士が名乗った。

「青山どののお子か」

桑兵衛は、改めて若い武士の顔を見た。そういえば、庄兵衛に似ている。源之助と名乗る若い武士は、庄兵衛の子に間違いないようだ。

「はい、廻国修行のため、父の道場を離れておりましたが、品川宿で、父が何者かに斬られたと耳にし、急いで帰ってきました」

源之助の顔には、父を失った悲しみだけでなく、敵に対する憤怒の色があった。

「胸の内、お察しいたす」

桑兵衛が言うと、その場にいた唐十郎と弥次郎も、ちいさくうなずいた。

「それがしが、父の道場で稽古をしていたころ、父から狩谷どののことは聞いておりました。……それに、父と師範代の矢島どのが殺された現場に、狩谷どののたちが見えていたと耳にし、こうして訪ねてまいったのです」

源之助は、そう言った後、

「何としても、父の敵を討ちたいのです」

と、桑兵衛、唐十郎、弥次郎の三人に目をやって言い添えた。

「……」

桑兵衛は黙っていた。

確かに、桑兵衛たちは道場の門弟たちに居合の指南をするだけでなく、依頼を受けて、切腹の介錯や敵討ちの助太刀などもしてきた。ただし、いずれの場合も、相応の報酬を得ていたのだ。

狩谷道場の門弟はすくなく、門弟が入門する折りの束脩だけでは、とても暮らしていけない。

源之助は懐に手を入れ、袱紗包みを手にすると、

「二十両あります。些少ですが、母とそれがしの気持ちでござる」

そう言って、桑兵衛の膝先に置いた。

桑兵衛は胸の内で、二十両では少な過ぎる、と思った。敵討ちの助太刀は、命懸けの仕事である。それに、桑兵衛だけでなく、唐十郎と弥次郎も手を貸すことになるだろう。こうした依頼は、桑兵衛が受けても唐十郎と弥次郎が動くことが多かったのだ。

だが、桑兵衛は断ることができなかった。桑兵衛自身、青山庄兵衛と矢島新次郎の無残な死体を目にしたからだ。そのとき、胸の内で、下手人をこのままにしておけないと思ったのだ。

「引き受けましょう」

　桑兵衛は、袱紗包みを手にした。

　そばにいた唐十郎と弥次郎も、ちいさくうなずいた。ふたりとも、このまま手を引く気にはなれなかったのだ。

　桑兵衛は袱紗包みを膝の脇に置いたまま、

「それで、下手人に心当たりは……。ふたり以上いたとみているが」

　と、源之助に目をやって訊いた。

　源之助は記憶を辿るような顔をして黙していたが、

「それが、心当たりはないのです。父の懐の金を狙ったとは思えませんので、道場にかかわることではないかと……」

　と、首を捻りながらつぶやいた。

「青山どのが命を狙われたのは、初めてのことでござるか」

　桑兵衛が訊いた。

「それがし、道場を離れていたため、確かなことは分かりませんが、父が命を狙われたのは初めてのことだと思います。……それがし、何人かの門弟に訊いてみたのですが、父を斬った者が何者なのか、思いあたる者はいませんでした」

「そうか」

桑兵衛が口を閉じると、道場内は重苦しい沈黙につつまれた。そのとき、黙って話を聞いていた唐十郎が、

「青山道場は、どうされるのです」

と、源之助を見つめて訊いた。

「父のためにも、道場は閉めません。それがし、何としても道場をつづけていくつもりです」

源之助が語気を強くして言った。

「それがいい。青山どのも、そう願っているはずだ」

桑兵衛が言った。

それから小半刻(こはんとき)(三十分)ほど、青山道場について話した後、

「何かあったら、また伺(うかが)います」

と言って、源之助が立ち上がった。

唐十郎、桑兵衛、弥次郎の三人は、道場の戸口まで出て源之助を見送った後、道場にもどった。

弐平は道場のなかほどに腰を下ろして、唐十郎たちがもどるのを待っていた。

「弐平、まだ何か用があるのか」

　桑兵衛が訊いた。

「へっへへ……。あっしにも、何かできることがあるんじゃァねえかと思いやしてね。旦那たちがもどるのを待ってたんでさァ」

　弐平が、薄笑いを浮かべて言った。

「そういえば、弐平に頼みたいことがある」

　桑兵衛が弐平に目をやった。

「何です」

「青山どのが殺された和泉橋の近くと、青山道場のある豊島町界隈（かいわい）をまわって聞き込んでくれんか。下手人のことで、何か知れるかもしれぬ」

「へっへへ、あっしにも、お手当てを」

　弐平が首をすくめて言った。

「分かった。……どうだ、源之助どのから二十両もらったのだが、わしら三人に弐平を加え、四人で五両ずつ分けないか」

　桑兵衛が、その場にいる三人の男に目をやって言った。

「それで、結構で」

弐平が薄笑いを浮かべた。

唐十郎と弥次郎は、黙ってうなずいた。

5

源之助が狩谷道場に来た翌日、唐十郎は、弥次郎と弐平を帯同して豊島町にむかった。青山道場の近くで聞き込んでみようと思ったのだ。

桑兵衛の姿は、なかった。聞き込みに当たるのに、道場主の桑兵衛まで歩きまわることはなかったのだ。それに、唐十郎と弥次郎の胸の内には、桑兵衛は道場主として道場にいて欲しいという思いがあった。

唐十郎たちは道場から御徒町通りに出ると、南に足をむけ、神田川にかかる和泉橋を渡った。

渡った先の柳原通りを東にむかっていっとき歩くと、通りの右手に青山道場のある豊島町一丁目の家並が広がっていた。

三人は、古着屋の脇の道に入った。青山道場の近くまで来たことがあったので、その道筋は分かっていた。

唐十郎たちは、前方に青山道場が見えてきたところで足をとめた。

「どうします」

弥次郎が、唐十郎に訊いた。

「ともかく、近所で青山道場のことを聞き込んでみるか。事件との関わりが、何か出てくるかもしれん」

「それがいいでしょう」

弥次郎が応じた。

唐十郎、弥次郎、弐平の三人は、一刻（二時間）ほどしたらこの場に戻ることにして分かれた。三人一緒に訊きまわると、人目を引くし、話を聞きづらいのだ。

ひとりになった唐十郎は、まず青山道場の様子を見てみようと思い、通行人を装って道場に近付いた。

道場の表の板戸は閉まっていたが、なかから人声が聞こえた。何人かいるらしい。いずれも武家言葉だった。おそらく、門弟たちだろう。

唐十郎は道場の戸口の前で足をとめ、草鞋（わらじ）の紐を結び直すふりをして、聞き耳をたてた。聞き覚えのある源之助の声が聞こえた。他の男は門弟たちらしい。三、四人いるようだ。稽古のことを話している。

唐十郎は立ち上がり、半町ほど歩いてから踵を返して来た道をもどった。道場内にいる者に、気付かれないようにそうしたのだ。

唐十郎は道場から離れると、通り沿いにあった下駄屋に立ち寄った。そして、店にいた親爺に、青山道場の評判を訊いてみた。

「道場の評判は、良かったんですがね。……道場主の庄兵衛さまが、こんなことになっちまって」

親爺が眉を寄せて言った。

「噂でいいんだがな。庄兵衛どのを恨んでいる者はいなかったか」

唐十郎が訊いた。

「知りませんねえ。……庄兵衛さまは、辻斬りに襲われたと聞きやしたぜ」

「辻斬りか」

唐十郎は、そんな噂がたっても不思議はない、と思った。神田川沿いの通りは、夜鷹や辻斬りが出ることで知られていたのだ。

「旦那、庄兵衛さまの嫡男の源之助さまが道場にもどられやしてね。道場は、つづけていくという話ですぜ」

親爺が、声高に言った。

「よく知っているな」

「近所の者は、みんな知ってまさァ」

「そうか」

唐十郎は、邪魔したな、と言い残し、下駄屋の店先から離れた。

それから近所の住人や通りすがりの者などに話を聞いたが、新たなことは知れなかった。

唐十郎が弥次郎たちと分かれた場所にもどると、弥次郎と弐平の姿があった。先にもどっていたらしい。

「待たせたか」

唐十郎が、弥次郎と弐平に目をやって訊いた。

「あっしらも、来たばかりでさァ」

弐平が言うと、弥次郎がうなずいた。

「おれから話す」

そう言って、唐十郎が、下駄屋の親爺から聞いたことを一通り話した。

「あっしも、庄兵衛の旦那が辻斬りに襲われたという話は聞きやした」

弐平が言うと、

「それがしが聞いた話では、青山庄兵衛どのが殺された夜、ふたりの武士が現場近くを通りかかったそうです」

弥次郎が、唐十郎と弐平に目をやって言った。

「その男、庄兵衛どのが殺されたところを目にしたのか」

唐十郎が訊いた。

「いや、殺される前らしい。ふたりの武士が、橋の袂の樹陰に身を潜めていたそうです。その男は、辻斬りかと思い、怖くなって走って逃げたようです」

「樹陰に身を潜めていたふたりの武士が、道場主の青山どのと師範代の矢島どのを斬ったのか」

唐十郎が、語気を強くして言った。

「そうみていいでしょう」

「何者だろう。ふたりで道場主と師範代を斬ったのだから、尋常な遣い手ではないな」

唐十郎が言うと、弥次郎は顔を厳しくしてうなずいた。

唐十郎たち三人は、いっとき口をつぐんでいたが、

「あっしも、ふたりの武士のことを聞きやしたぜ」

と、弐平が身を乗り出して言った。

「話してくれ」

　唐十郎が言った。

「あっしは、この道沿いにあった店屋に立ち寄って話を聞いたんですがね。道場主と師範代が殺される何日か前(めえ)、店の者が道場主のことを訊かれたそうでさァ」

　弐平が言った。

「どんなことを訊かれたのだ」

「道場主の青山さまは、道場を出ることがあるのか、訊いたそうで」

「そうか。何者か分からんが、ふたりの武士が青山どのと矢島どのを狙い、和泉橋の袂で待ち伏せして、青山どのたちを斬ったのだな」

　唐十郎が言うと、

「斬る前(めえ)に、青山さまを探っていたことからみて、下手人は辻斬りじゃァねえ」

　弐平が、語気を強くして言った。

6

弐平から話を聞いた唐十郎は、

「どうだ、道場にいる源之助どののたちに、青山どののたちを襲ったふたりの武士のことを訊いてみるか。思い当たる者がいるかもしれない」

と、弥次郎と弐平に目をやって言った。

「門弟のうちのだれかに、心当たりがあるかもしれません」

すぐに、弥次郎はその気になった。

唐十郎たち三人は、青山道場に足をむけた。道場の前まで行くと、なかから男たちの話し声が聞こえた。さきほど、唐十郎が耳にした声がまだしている。

「おれが、源之助どのに話してみる」

唐十郎は、戸口に弥次郎と弐平を残し、開いていた板戸の間からなかに入った。

土間につづいて、狭い板間があり、その先に板戸がしめてあった。男たちの話し声は、板戸の向こうから聞こえた。そこが道場になっているようだ。

「頼もう！　どなたか、おられるか」

唐十郎が声を上げた。

すると、板戸の向こうから聞こえていた話し声がやみ、「誰か、来たようだ」「様子を見てこい」などという声が聞こえた。そして、戸口に近付いてくる足音がし、すぐに板戸が開いた。姿を見せたのは、小袖に袴姿の若侍（わかざむらい）だった。青山道場の門弟であろう。

「それがし、狩谷唐十郎ともうす。青山源之助どのに、お取り次ぎ願いたい」

唐十郎が言った。

「お待ちください。すぐに、お師匠に話してきます」

若い門弟は、慌てた様子で道場内にもどった。

待つまでもなく、若い門弟が源之助を連れてもどってきた。

源之助は土間に立っている唐十郎を目にすると、

「唐十郎どの、何かあったのか」

と、昂（たかぶ）った声で訊いた。突然、唐十郎が姿を見せたからだろう。

「い、いや、近くを通りかかったものでな。それに、源之助どのに訊いておきたいこともあって」

唐十郎が、外に弥次郎と弐平がいることを言い添えた。

「すぐに、道場にいる門弟たちを帰す。……それまで、待ってくれ」

源之助は慌てた様子で道場内にもどった。門弟たちのいる場で父の庄兵衛と師範代だった矢島が殺されたことについて話すわけにはいかない、と思ったようだ。

唐十郎は戸口から出ると、弥次郎たちと一緒に道場の脇で門弟たちが帰るのを待つことにした。

いっときすると、道場の戸口から、源之助と一緒に三人の若侍が出てきた。三人は道場内で源之助と話していた門弟らしい。

三人の若侍は唐十郎たちを目にすると、頭を下げ、足早に通り過ぎた。

源之助は三人の門弟が遠ざかると、

「道場に入ってくれ」

と、唐十郎たちに声をかけた。

唐十郎たち三人は、源之助につづいて道場内に入った。

「ここに座らせてもらうぞ」

唐十郎が源之助に声をかけ、師範座所の近くに腰を下ろした。師範座所は、道場の上座(かみざ)にあった。畳敷きで、一段高くなっている。そこは、道場主が座して、門弟たちの稽古を見たり、門弟を呼んで話したりする場である。

　唐十郎は道場の床に座すと、

「たいしたことではないのだが、道場の近くまで来たのでな。源之助どのに訊いてみようと思い、立ち寄ったのだ」

　そう言って、対座した源之助に目をやった。

「どんなことだ」

　源之助が訊いた。

「道場主だった青山どのと師範代だった矢島どのを斬った者は武士で、たんなる辻斬りや物盗りではなかったとみている」

　唐十郎が、断定するように言った。

「それがしも、下手人は初めから父と矢島どのを狙ったとみている」

　源之助が言った。

　唐十郎はいっとき間をとってから、

「源之助どの、何か心当たりはあるか」

　と、訊いた。脇に座している弥次郎と弐平は、黙したまま源之助に目をやっている。

「心当たりと言われても……。それがし、しばらく道場から離れていたので」

源之助が、困惑したような顔をして言った。

次に口をひらく者がなく、その場が重苦しい沈黙につつまれたとき、

「実は、さきほど門弟たちと話していたのは、そのことなのだ」

源之助が、唐十郎に目をむけた。

「話してくれ」

「門弟たちも、父と矢島どのを襲った者たちが誰かは知らないのだ。……ただ、通りで偶然出会った者と言い争いになったのでなければ、父と矢島どののことをあらかじめ知っている者たちが、柳原通りで待ち伏せて襲ったのではないかとみている」

「おれたちも、そうみている」

唐十郎が言うと、弥次郎がうなずいた。弐平は黙したまま、唐十郎たち三人に目をやっている。

「いったい、何者が父たちを襲ったのか……」

源之助は、視線を膝先に落とした。

「実は、そのことなのだが、辻斬りや物盗りではないとすると、まず考えられるのは恨みだが」

そう言って、唐十郎が源之助に目をやった。

「それがしも恨みではないかと思い、門弟たちに訊いてみたのだが、思い当たることはないようだ」

「そうか」

唐十郎が口をつぐむと、次に口をひらく者がなく、道場内は重苦しい沈黙につつまれた。すると、黙って聞いていた弐平が、

「あっしが訊いてもいいですかい」

と、口を挟んだ。

「訊いてくれ」

唐十郎が言った。

「あっしは、剣術の道場のことで、何か揉め事があったような気がしやすが」

そう言って、弐平はその場にいた三人に目をやった。

「それがしもそう考えて、門弟たちに何か揉め事がなかったか訊いてみたのだが、これといったことは……。ただ、門弟だった者が、何かあって道場に居辛くなり、別の道場に移ることはある。でも、道場主や師範代を襲って殺すようなことは、ないはずだ」

「そうだろうな」

唐十郎がうなずいた。よほどのことがなければ、門弟だった者が道場主や師範代を襲うようなことはないだろう。

次に口をひらく者がなく、道場内が重苦しい沈黙につつまれたとき、

「いずれにしろ、おれは、まだ何か起こるような気がするのだ」

唐十郎がつぶやいた。

「それがしも、何か起こるような気がして……」

源之助が、不安そうな顔をした。

「何かあったら、知らせてくれ。おれたちにできることは、手を打つ」

唐十郎が言うと、黙って聞いていた弥次郎がうなずいた。

「すぐに、知らせる」

源之助はそう言って、唐十郎たちに頭を下げた。

7

唐十郎たちが、青山道場に出掛けて源之助と話してから三日経っていた。

唐十郎が、狩谷道場で弥次郎相手に居合の稽古をしていると、若い武士がひとり飛

び込んできた。

　このところ、桑兵衛は道場でなく、裏手の母屋にいることが多かった。唐十郎と弥次郎が事件の探索に当たっていることもあって、道場にだれもいない日がつづいたからだ。桑兵衛は、事件のことを唐十郎と弥次郎に任せようと思っているようだ。

「そ、それがし、青山道場の島田茂次郎ともうす者です。……狩谷さまにお知らせするようにと、若師匠に言われて参りました」

　島田が昂った声で言った。

「何があった」

　すぐに、唐十郎が訊いた。

「も、門弟が、殺されました」

「青山道場の門弟がか！」

　唐十郎の声が大きくなった。

「は、はい」

「場所はどこだ」

「新シ橋の近くです」

　島田が言った。新シ橋は、神田川にかかる橋だった。和泉橋の東方にあり、青山道場のある豊島町一丁目のすぐ近くである。

「行ってみよう」

唐十郎が、弥次郎に目をやって言った。

弥次郎はうなずいた。双眸に鋭いひかりが宿っている。青山道場の門弟が殺されたと聞いて、道場主の青山と師範代の矢島を殺した下手人とつなげたのだろう。

唐十郎と弥次郎は、島田とともに道場を出た。

唐十郎は現場に向かいながら、

「源之助どのは、どうした」

と、島田に訊いた。

「現場にいるはずです」

「そうか」

唐十郎は「若い門弟にまで、手を出したのか！」と胸の内で声を上げた。

三人は御徒町通りを経て神田川沿いの通りに入った。そして、和泉橋は渡らずに東にむかい、新シ橋の袂に出た。

「橋を渡った先です」

島田が言った。

唐十郎たちは、新シ橋を渡った。神田川沿いに柳原通りがつづいている。

「あそこです」

島田が、柳原通りの西方を指差した。

新シ橋から一町ほど離れた土手際に人だかりができていた。通りすがりの野次馬が多いようだが、源之助と門弟らしい男たちの姿もあった。

唐十郎たちが人だかりに近付くと、源之助が気付き、

「ここだ！」

と言って、手を上げた。

唐十郎たちは人だかりを分けて、源之助に近付いた。

源之助の足元に、男がひとり俯せに倒れていた。周囲の地面が、赭黒（あかぐろ）い血に染まっている。出血が激しい。首を斬られたようだ。

「門弟の佐々野弥之助（ささのやのすけ）だ」

源之助が、無念そうな顔をして言った。

唐十郎は倒れている佐々野の脇に屈（かが）んで、首の傷に目をやった。弥次郎もそばに来て、佐々野を見つめている。

佐々野は、首から胸にかけて袈裟（けさ）に斬られたらしい。他に傷はないので、佐々野は

一太刀で仕留められたようだ。下手人は、腕のたつ者とみていい。

「下手人に、心当たりは」

唐十郎が、源之助に訊いた。

「辻斬りや物盗りの仕業とは思えん。……父と師範代の矢島どのを襲った者たちではあるまいか」

源之助が、顔を厳しくして言った。

「襲われたのは、昨夜か」

さらに、唐十郎が訊いた。

「昨日、佐々野は残り稽古をして、道場を出たのは暗くなってからだ。ここを通りかかったのは、六ツ半（午後七時）ごろだろう」

源之助が言うと、脇にいた若い武士が無言でうなずいた。門弟らしい。

「六ツ半なら、佐々野どのが襲われたところを見た者が、まだいたかもしれん」

唐十郎が言うと、

「近所で聞き込んでみますか」

弥次郎は、すぐに立ち上がった。

唐十郎たちは通りすがりの者ではなく、近所の住人に訊いてみることにし、その場で分かれた。別々に聞き込んだ方が、埒が明くはずだ。

ひとりになった唐十郎は、通り沿いにある店に目をやった。暗くなっても、商いをつづけている店を探したのである。

唐十郎は半町ほど先にある一膳めし屋に目をとめた。店の脇の行灯看板に、「いちぜんめし」と書かれている。酒も出すので、暗くなっても店をひらいているはずだ。

唐十郎は一膳めし屋に入った。土間の先の座敷で、客がめしを食ったり、酒を飲んだりしている。

唐十郎が入っていくと、小女らしい娘が近寄ってきて、

「いらっしゃい」

と、声をかけた。

「ちと、訊きたいことがあってな。商いの邪魔にならないように、すぐに済ませる」

「何でしょうか」

小女は、戸惑うような顔をした。

「昨日、柳原通りで若い武士が、何者かに斬られたのだが、知っているか」

唐十郎が、声をひそめて訊いた。

すると、小女は唐十郎に身を寄せ、

「知ってます。わたし、近くまで行って見たの」

と、小声で言った。目に好奇の色がある。小女はわざわざ店を出て、現場まで行って見たらしい。

「それで、若い武士を斬った者のことで、何か耳にしたか」

さらに、唐十郎が訊いた。

「近くにいた人が、斬ったのはお侍だった、と言ってましたよ」

「侍な」

下手人が武士らしいことは、切り口を見れば、すぐに分かる。

「その人ね、昨夜、柳原通りを歩いていて、お侍が斬られるところを見たんですって」

小女が、目を光らせて言った。

「なに、斬られるところを見ただと！」

唐十郎の声が、大きくなった。

「そうなの」

小女は、さらに唐十郎に身を寄せた。

「若い武士を斬ったのは、ひとりか」

「ふたりいたと言ってましたよ」

「ふたりの身形も見たのだな」

「見たそうよ。ふたりとも、小袖に袴姿だったようですよ」

「他に、何か気付いたことは」

「あたし、他のこと、聞いてないから分からない」

小女が、小首を傾げた。

それから、唐十郎は、若い武士が斬られたところを目撃した男について訊いたが、小女は、年配の男だったというだけで、手掛かりになるようなことは覚えていなかった。

「手間をとらせたな」

唐十郎はそう言い残し、一膳めし屋から出た。

唐十郎はさらに近所で聞き込んだが、新たなことは分からなかった。源之助たちと分かれた場所にもどると、弥次郎と源之助が待っていた。

唐十郎は近くの一膳めし屋の小女から聞いたことを話してから、佐々野弥之助を斬ったのは、ふたりの武士らしいことを言い添えた。

「おれも、佐々野どのを斬ったのは、ふたりの武士らしいと耳にしました」

弥次郎が言うと、

「おれも、ふたりの武士が、柳の陰に身を隠していたという話を聞いたぞ」

と、源之助も言い添えた。

「どうやら、佐々野どのは、ふたりの武士に狙われたようだ。ところで、源之助どの、佐々野どのを恨んでいる者に心当たりは」

唐十郎が、源之助に目をやって訊いた。

「ない。……佐々野がだれかに狙われていたというような話は聞いたこともない」

源之助が、首を傾げた。

第二章　囮（おとり）

1

タアッ！

鋭い気合を発し、唐十郎は抜刀しざま斬り込んだ。

正面にいる敵に対して袈裟に斬り込み、反転しざま背後にいる敵の胴を狙って、刀身を横に払った。唐十郎は、脳裏にふたりの敵を描いて刀を振るったのだ。素早い太刀捌きである。

小宮山流居合には、初伝八勢や中伝十勢など様々な技があるが、実戦の場合、そうした技どおりに刀を振るって敵を斬れるとは限らない。いや、むしろ、型どおり刀を振るって敵を倒すのは難しいだろう。実戦の場合、相手やその場に応じた太刀捌きをすることが大事である。

唐十郎からすこし離れた場所で、弥次郎も実戦のおりの敵の動きを脳裏に描いて、居合の稽古をしていた。

道場に、桑兵衛の姿はなかった。桑兵衛は、若いころ門弟として通っていた御家人の屋敷に出掛けていた。今でもその御家人と付き合いがあり、頼まれて子弟や家臣に居合の型を見せたり、酒を酌み交わしたりすることがあった。

青山道場の門弟の佐々野が柳原通りで斬殺されて、五日経っていた。この間二度、唐十郎たちは佐々野を斬った男を探して、殺された現場に近い豊島町界隈で聞き込みにあたったが、下手人の手がかりはつかめなかった。

唐十郎と弥次郎が道場で稽古を始めて、一刻（二時間）ほど経ったろうか。道場の表戸の開く音がし、土間に入ってくる足音がした。ふたりらしい。

「狩谷の旦那、いやすか」

すぐに、弐平の声がした。

「いるぞ」

唐十郎が声を上げた。

すると、土間から板間に上がる音がし、板戸があいた。姿を見せたのは、弐平と青山源之助だった。

「ここへ来る途中、青山の旦那と一緒になりやしてね。あっしが、お連れしたんでさア」

弐平が言った。

「ともかく、上がってくれ」

唐十郎が、弐平と源之助を道場に入れた。そして、ふたりが道場のなかほどに腰を下ろすのを待って、

「茶を淹れよう」

と言って、腰を上げた。

道場の裏手に母屋があり、日中は、下働きのとせがいるはずだ。とせは、桑兵衛や唐十郎の朝餉や夕餉の仕度もしてくれる。ただ、桑兵衛と唐十郎は、道場を留守にすることが多いので、前もってとせに話しておかなければ、めしの仕度はしなかった。

「茶はいい。それより、話を聞いてくれ」

源之助が言った。顔に、憂慮の色がある。

「何かあったのか」

唐十郎が訊いた。

「実は昨日、道場からの帰りに、吉川佐之助という若い門弟が、何者かに斬り殺されたのだ」

源之助が強張った顔で言った。

「なに、斬り殺されただと！」

唐十郎の声が、大きくなった。脇に座している弥次郎も、驚いたような顔をして源

之助を見た。

「道場からの帰りにな」

そう切り出して、源之助が話したことによると、吉川は道場の稽古を終えた後、何人かの門弟と一緒に道場で残り稽古をつづけたという。そして、暮れ六ツ（午後六時）近くになってから、道場を出たそうだ。

「よ、吉川は、柳原通りに出る前、何者かに襲われて斬り殺されたのだ」

源之助の声が、急に震えた。強い怒りと無念が、胸に込み上げてきたらしい。

「何者か分からないのか」

唐十郎が、念を押すように訊いた。

「吉川を襲ったのは、ふたりの武士らしいが、何者かは分からないのだ」

源之助が言った。

「門弟の佐々野どのを襲ったふたりの武士ではないのか」

「おれもそうみているが、確かなことは分からない」

「それにしても、青山道場の門弟ばかり狙うのは、どういうわけだ」

唐十郎が、首を傾げた。

「おれにも分からない。門弟たちも怖がっていてな、このところ、稽古を休む者が多くなっている」

　源之助の顔には、困惑の色があった。

「そうだろうな」

　唐十郎が言った。つづけて門弟ばかりが襲われ、殺されたとなれば、門弟たちも道場に来るのに、二の足を踏むだろう。

「そのうち、だれも来なくなる」

　源之助が眉を寄せてつぶやいた。

「門弟を襲うのが目的ではなく、道場そのものを潰そうとしているのではないか」

「そうかもしれん」

　源之助が肩を落とした。

　次に口をひらく者がなく、道場内が重苦しい沈黙につつまれた。

　そのとき、唐十郎が身を乗り出し、

「おれが、囮になろう」

と、その場にいた三人の男に目をやって言った。

「何をする気だ」

　源之助が訊いた。

「道場の稽古が終わった後、おれが門弟の振りをして道場を出る。そして、門弟たちが襲われた通りを歩いて、柳原通りまで行ってみる。……源之助どのたちは、気付かれないようにおれの後ろからついてきてくれ。そして、何者かがおれを襲ったら、後ろから仕掛けてくれ」

「いい手だが、一歩間違うと、殺された門弟たちの二の舞いだぞ」

源之助は、戸惑うような顔をした。その場にいた弥次郎と弐平の顔にも、困惑の色がある。

「なに、相手が大勢だったら、逃げればいい」

唐十郎が、男たちに目をやって言った。

2

翌日、青山道場での稽古が終わり、門弟たちが道場から出ると、すこし間をとって、唐十郎が姿を見せた。唐十郎は門弟らしく、小袖(こそで)に袴(はかま)姿で下駄履(げたば)きだった。稽古着を丸めて木刀に縛り、肩にかけている。誰の目にも、道場帰りの門弟に見える。

唐十郎から一町(ちょう)ほど離れて、弥次郎と源之助がついていく。ふたりは、小袖に袴姿で二刀を帯びていた。御家人の子弟のようだ。

唐十郎は、通り沿いの店の脇や樹陰(こかげ)などに目をやりながら歩いた。どこで刺客が待ち伏せしているか、分からない。

青山道場から、二町ほど離れたろうか。唐十郎は、通り沿いで枝葉を茂らせていた樫(かし)の樹陰に人のいる気配を感じた。

……樫の陰にいるぞ！

唐十郎は、胸の内で声を上げた。樫の葉叢(はむら)の間から人影が見えた。男が、ふたりいる。ふたりとも、刀を差しているようだ。

……家の陰にもいる！

唐十郎は、道沿いの仕舞屋(しもたや)の陰にも人影があるのを見てとった。袴姿なので、武士であることが知れた。ひとり姿が見えただけで、何人いるか分からない。

唐十郎は、すこし歩調を緩(ゆる)めた。後方から来る弥次郎と源之助が近付くのを待とうと思ったのだ。

唐十郎が樫の側(そば)まで来たとき、樹陰からふたりの武士が飛び出し、唐十郎の背後にまわり込んだ。つづいて、仕舞屋の陰から武士が姿を見せた。ふたりである。ふたりは、唐十郎の前に立ち塞(ふさ)がった。

四人で、唐十郎を挟み撃ちにする気らしい。

「うぬら、何者だ！」

唐十郎が、刀の柄（つか）に右手を添えて誰何（すいか）した。

「通りすがりの者だ」

唐十郎の前に立った大柄な武士が、嘯（うそぶ）くように言った。この男が、四人のなかでの頭格（かしら）かもしれない。

そのとき、唐十郎の背後にまわったふたりの武士のうちのひとりが、

「後ろから来た！」

と、声を上げた。

弥次郎と源之助が、走ってくる。

「怯（ひる）むな！　相手は、三人だ」

大柄な武士が、叫んだ。すると、唐十郎の背後にまわったふたりの武士が、走り寄る弥次郎と源之助の方に体をむけた。ふたりで、弥次郎たちの相手をする気らしい。

一方、唐十郎の前に立ったふたりの武士のうちのひとりが、左手にまわり込んできた。まだ、二十歳（はたち）前後と思われる若い武士である。

唐十郎は前に立った大柄な武士に体をむけると、右手で刀の柄を握り、腰をすこし

沈めた。居合腰である。

大柄な武士は抜刀し、青眼に構えた。左手にまわった若い武士も刀を抜いて、切っ先を唐十郎にむけた。

大柄な武士は、居合の抜刀体勢をとっている唐十郎を見て、

「おぬし、居合を遣うのか」

と、驚いたような顔をして訊いた。青山道場にかかわりのある武士が、居合を遣うとは思わなかったのだろう。

「いかにも、おれの居合を受けてみろ！」

唐十郎は左手で刀の鞘の鍔の近くを握って鯉口を切った。

「おぬし、青山道場の門弟ではないな」

大柄な武士が訊いた。

「今日から、門弟になったのだ」

唐十郎は居合の抜刀体勢をとったまま爪先を這うように動かし、ジリジリと大柄な武士との間合をつめた。

……あと、半間！

唐十郎が、居合で抜き付ける間合まで半間と読んだときだった。

ふいに、大柄な武士の全身に斬撃の気が疾った。間を詰めてくる唐十郎が抜刀の間合に入る前に、仕掛けたのだ。

イヤアッ！

裂帛の気合を発し、大柄な武士が斬り込んだ。

刹那、唐十郎が居合で抜刀した。シャッという抜刀の音とともに、閃光が袈裟にはしった。迅い！　一瞬の抜き打ちである。

大柄な武士は、振りかぶりざま真っ向へ——。

大柄な武士の切っ先が、唐十郎の左の肩先をかすめて空を切り、唐十郎の切っ先は武士の肩から胸にかけてを深く切り裂いた。

大柄な武士は、呻き声を上げてよろめいた。斬られた胸から血が迸り出て、武士の上半身を血で染めていく。

大柄な武士の足がとまった。武士は手にした刀を取り落とし、腰から崩れるように倒れた。

俯せに倒れた大柄な武士は、苦しげな呻き声を上げて四肢を動かしていたが、いっときすると動かなくなった。絶命したようである。

このとき、源之助は若い武士と対峙していた。刀身を峰に返し、青眼に構えている。源之助は若い武士を峰打ちで仕留めるつもりらしい。

源之助に切っ先を向けていた若い武士は、大柄な武士が倒れるのを目にすると、甲走(かんばし)った気合を発して斬り込んだ。

振りかぶりざま、真っ向へ——。

咄嗟(とっさ)に、源之助は右手に体を寄せざま、刀身を横に払った。一瞬の体捌きである。

若い武士の切っ先は、源之助の肩先をかすめて空を切り、源之助の刀身は、若い武士の腹を強打した。

若い武士は手にした刀を取り落として前によろめき、足をとめると両手で腹を押さえて蹲(うずくま)った。

「動くな!」

源之助が、若い武士の首に切っ先をむけた。

このとき、唐十郎と弥次郎に刀をむけていた二人の武士は、若い武士までもが源之助に仕留められたのを目にすると後退(あとずさ)り、相手との間合をあけてから反転して走りだした。逃げたのである。

3

源之助、唐十郎、弥次郎の三人は、路傍に蹲っている若い武士のまわりに集まった。若い武士は、腹を押さえたまま低い呻き声を上げている。源之助に峰打ちを浴びた脇腹が痛むのであろう。

源之助は若い武士に切っ先をむけたまま、

「名は」

と、訊いた。

若い武士は前に立った源之助を見上げたが、苦しげに顔をゆがめただけで、何も言わなかった。

「名は！」

源之助が語気を強くして訊き、切っ先を若い武士の首に近付けた。

「西崎栄太郎（にしざきえいたろう）」

若い武士が名乗った。

「西崎、一緒にいた者たちは、仲間か」

「……」

西崎は、無言のままちいさくうなずいた。

「遊び仲間ではあるまい」

「お、同じ道場の門弟だ」

西崎が、声をつまらせて言った。

「道場主の名は」

源之助が、西崎を見据えて訊いた。

「杉浦唐三郎さま……」

「杉浦道場か！」

源之助の声が大きくなった。

話を聞いていた唐十郎と弥次郎も、杉浦道場の名を知っていた。ただ、知っていたといっても、道場主の名と、一刀流を指南しているということだけである。

「青山道場の主と師範代を襲ったのも、杉浦道場の者か」

源之助は、父である青山庄兵衛と師範代の名を口にしなかった。

「し、知らない」

西崎が声をつまらせて言った。

「話を聞いてないのか」

「門弟たちが話しているのを耳にしたことはある。……青山道場の道場主と師範代が殺された夜、道場主の杉浦さまは、道場にいたようだ」

西崎が源之助に目をやって言った。

「間違いないな」

源之助は、語気を強くして訊いた。

「翌朝、おれは道場に行ったのだ。そのとき、杉浦さまは暮れ六ツ過ぎまで道場にいた、と門弟たちが話しているのを聞いたのだ」

「そうか」

源之助が口をつぐんだとき、

「ところで、杉浦道場はどこにあるのだ」

と、脇から唐十郎が訊いた。

「小柳町(こやなぎちょう)です」

「何丁目だ」

小柳町は、神田川にかかる昌平橋(しょうへいばし)の近くだが、一丁目から三丁目まである広い町だった。小柳町と聞いただけでは、探すのが厄介(やっかい)である。

「二丁目です」

西崎が言った。

「そうか」

唐十郎は身を退いた。二丁目と分かれば、探すのも容易だろう。

次に、西崎に話を聞く者がなく、その場が静かになると、

「おれの知っていることは、みんな話した。……杉浦道場もやめるので、帰してくれ」

西崎が、その場にいる唐十郎たち三人に目をやって言った。

「帰してもいいが、しばらく身を隠していられるか」

唐十郎が訊いた。

「……」

西崎が、戸惑うような顔をして唐十郎を見た。

「西崎、おまえと一緒にいた男のひとりは、おれたちと斬り合って死んだ。一緒にいたおまえの死体がなければ、逃げたと思うだろうな。仲間を見捨てて逃げたと疑われれば、道場主の杉浦も門弟たちもいい顔はしないはずだ」

「そうかもしれない」

「しばらくの間、どこかに身を隠せるか」

「身を隠せ、と言われても……」

西崎は、戸惑うような顔をしていたが、

「水道橋(すいどうばし)の近くに、伯父(おじ)が住んでます。そこに世話になれば、門弟たちにも気付かれずに済みます」

と、小声で言った。

水道橋は、神田川にかかっている橋で、新シ橋からはかなり遠方である。

「しばらく、伯父のところに身を隠しているんだな」

「そうします」

西崎は、唐十郎たち三人に頭を下げると、その場から足早に離れた。

西崎の姿が遠ざかったとき、

「おれたちは、どうする」

と、唐十郎が源之助と弥次郎に目をやって訊いた。

「どうするか……」

源之助が、小首を傾げた。

いっとき、三人は戸惑うような顔をして立っていたが、

「どうだ、小柳町まで行ってみるか」

唐十郎が、その場にいるふたりに目をやって言った。

「杉浦道場か」

源之助が声高に言った。

「そうだ」

「行ってみましょう」

弥次郎が、身を乗り出すようにして言った。

4

唐十郎、源之助、弥次郎の三人は、柳原通りに出てから西に足をむけた。そして、しばらく柳原通りを歩き、神田川にかかる和泉橋を過ぎてから左手の通りに入った。通り沿いにつづく岩井町(いわいちょう)、平永町(ひらながちょう)と過ぎると、左手に小柳町の家並がひろがっていた。

「この辺りは、一丁目だ」

そう言って、源之助は左手の通りに入った。そして、町屋のつづく通りをいっとき

歩いてから、

「この辺りから、二丁目だ」

と、唐十郎と弥次郎に目をやって言った。

「道場は、ありそうもないな」

唐十郎が言った。武家地ではないため、道沿いには、小体な店や仕舞屋などが並んでいた。行き交う人も、町人がほとんどである。

「訊いた方が早いぞ」

唐十郎がそう言って、道沿いにある店に目をやった。

「その八百屋で訊いてみる」

唐十郎は、半町ほど先にある八百屋を指差して言った。

八百屋の親爺が、店先で子供連れの年増と話していた。年増は大根を手にしている。大根を買いに来て、親爺と話し込んでいるようだ。

唐十郎が近付くと、年増は、「また、来るね」と親爺に声をかけ、まだ四、五歳と思われる女児の手を引いて、店先から離れた。

「ちと、訊きたいことがある」

唐十郎が、親爺に身を寄せて言った。

「なんです」

親爺は、台の上の大根を並べ直しながら訊いた。

「この辺りに、剣術の道場があると聞いてきたのだがな。どこにあるか、知っているか」

「剣術の道場なら、この道の先ですぜ。しばらく歩くと、道沿いに道場がありやす」

親爺が通りの先を指差して言った。

「道場主の名を知っているか」

さらに、唐十郎が訊いた。

「確か、杉浦さまと聞きましたが……」

親爺はそう言った後、「二、三年前（めえ）に、道場は閉じたと聞きやした」と、小声で言い添えた。

「閉じたのか」

唐十郎が念を押すように訊いた。

「へい」

「どうして閉じたのだ」

「道場が古くなったせいだとか、門弟が集まらないからだとか、いろいろ噂（うわさ）は耳にしやしたが、はっきりしねえ」

親爺が、首を捻（ひね）った。

「道場主の杉浦どのは、どこに住んでいるのだ」

「詳しいことは知らねえが、道場の裏手に母屋があって、そこに住んでいると聞いたような気がしやすが……」

親爺は語尾を濁（にご）した。はっきりしないのだろう。

「手間をとらせたな」

唐十郎はその場を離れ、源之助と弥次郎のいる場にもどった。そして、親爺から聞いた話の要点を源之助と弥次郎に伝えた。

「どうする」

唐十郎がふたりに訊いた。

「ともかく、杉浦道場をこの目で見てみますか」

源之助が言うと、弥次郎もうなずいた。

唐十郎たち三人は、さらに通りを歩いた。

「あれだ！」

源之助が、前方を指差して言った。

通り沿いに、道場らしい建物があった。脇が板壁になっていて、武者窓がついている。ただ、だいぶ傷んでいるらしく、板壁が剝がれてぶら下がっている場所もあった。道場にはだれもいないらしく、稽古の音も人声も聞こえない。

「近付いてみるか」

唐十郎が、源之助と弥次郎に言った。

三人は通行人を装い、すこし間をとって歩いた。そして、道場の近くまで来ると、すこし歩調を緩めたが、足をとめることもなく通り過ぎた。

道場から半町ほど歩くと、唐十郎が路傍に足をとめた。そして、源之助と弥次郎が近付くのを待って、

「道場は留守のようだ」

唐十郎が言った。

「裏手に家があったが、やはり道場主の杉浦が住んでいるのかな」

そう言って、源之助は振り返って道場の裏手に目をやった。

「どうかな」

唐十郎は首を捻った。裏手にある家は、道場からすこし離れていたし、物音や人声も聞こえなかった。杉浦家の家屋であっても、今は誰もいないのではないかと思っ

た。

「せっかく、ここまで来たんだ。近所で聞き込んでみるか」

源之助が言った。

「そうだな」

唐十郎も、近所で聞き込めば、道場主の杉浦だけでなく、他の門人のことも知れるのではないかと思った。

唐十郎はこの場で分かれ、三人で別々に聞き込んでみようかと思ったが、人通りはほとんどなく、道沿いにある店はまばらである。

「そこにある米屋で、訊いてみる」

唐十郎が、通り沿いにある店を指差した。

搗（つ）き米屋（ごめ）だった。足で踏む米搗きが見えた。その脇にある板間の隅で、親爺らしい男が煙管（キセル）で煙草（たばこ）を吸っていた。一休みしているところらしい。

唐十郎は米屋の店先まで行って、

「ちと、訊きたいことがある」

と、親爺に声をかけた。

「何です」

男は煙管(キセル)を手にしたまま唐十郎のそばに来た。

「この先に、剣術の道場があるな」

唐十郎が道場を指差した。

「ありやすが」

「だれもいないようだが、道場主の名を知っているか」

唐十郎は、念のため名を訊いてみた。

「杉浦唐三郎さまでさァ」

「杉浦どのか」

唐十郎が言った。西崎が口にした名である。

「稽古はやっていないようだが、つぶれたのか」

「あっしが聞いた話じゃァ、いまは稽古をしてねえが、新しい道場を建てて門弟を集めるそうですぜ」

「新しい道場を建てるのか」

唐十郎が念を押すように訊いた。

「そう聞いてやす」

「道場を建てるには、金がいるぞ。……杉浦どのは、いい金蔓(かねづる)でも摑(つか)んでいるのかな」

唐十郎は、首を傾げてみせた。

「金蔓のことは知らねえが、いまの道場を壊して新しく建てるそうでさァ」

親爺は、その場を離れたいような素振りをした。いつまでも仕事をせずに話し込んでいるわけにはいかないと思ったのだろう。

「邪魔したな」

そう声をかけ、唐十郎は米屋の店先から離れた。

5

唐十郎は源之助と弥次郎のいる場にもどると、米屋の親爺から聞いたことを一通り話してから、

「道場主の杉浦は、道場を建て直す気らしい」

と、言い添えた。

「いい金蔓でも摑んだのではないでしょうか」

弥次郎が言った。

「杉浦には、後ろ盾がいるのではないか。……それに、門人のなかに大身の旗本の子弟が何人かいれば、金の都合がつくかもしれん」

源之助が言った。

「いずれにしろ、門弟が集まらなければ、どうにもならん」

弥次郎は、首を横に振った。

「おい、この近くにある道場といえば、青山道場ではないか」

唐十郎が、源之助を見つめて言った。近いといっても近隣の町ではないが、剣術道場としては、近い地にあると言ってもいい。

「そうなるな」

「道場主の青山どのと師範代の矢島どのを狙ったのは、そのせいか」

唐十郎の声が、大きくなった。

「道場主と師範代が何者かに斬り殺されたとなれば、道場は一気に評判を落とす。そればかりか、道場主と師範代がいなくなれば、道場を閉じるしかない」

源之助が言った。

「ところが、青山道場は閉じなかった。都合よく、源之助どのが廻国修行の旅から道場にもどってきたからだ」

唐十郎が、言い添えた。

「それで、道場主の杉浦たちは、跡を継いだ源之助どのの周辺を狙うようになったのか」

弥次郎が、納得したような顔をした。

「何としても、父と師範代の矢島どのの敵を討ちたい」

源之助が、語気を強くして言った。

次に口をひらく者がなく、その場が沈黙につつまれたとき、

「通り沿いにある一膳めし屋の親爺から聞いたのですが……」

弥次郎が言った。

「話してくれ」

唐十郎が、弥次郎に顔をむけた。源之助の目も、弥次郎にむけられている。

「杉浦道場には、道場主の他に遣い手がいるそうです」

「師範代の伊沢彦兵衛か」

源之助が訊いた。

「伊沢も遣い手だそうですが、食客の松永弥九郎という男は、道場主を超える腕らしい」

弥次郎が、通りかかった門弟らしい若侍から聞いたことを言い添えた。

「おれも、松永の名は聞いたことがある」

源之助が、顔を厳しくした。

「おい、松永という男も、青山どのと師範代の矢島どのを襲ったひとりではないか」

唐十郎が、身を乗り出して言った。

「そうかもしれん」

源之助がうなずいた。

「松永という男は、ふだんどこに住んでいるのだ」

唐十郎が、源之助に目をやって訊いた。

「分からんが、杉浦道場の門弟なら、知っている者がいるのではないか」

「そうか」

そのとき、唐十郎は、話を聞いた西崎のことを思い出した。西崎は松永のことを語らなかったので、松永はあまり門弟たちの前に顔を出さないのではないかと思った。

「どうする」

源之助が、唐十郎と弥次郎に顔をむけて訊いた。

「話を聞いた門弟らしい侍によると、松永は酒好きで、陽が沈むと、贔屓にしている飲み屋に立ち寄って酒を飲んでいることがあるそうです」

弥次郎が言った。

「その飲み屋は、どこにあるのだ」

「平永町だそうです」

「平永町のどこだ」

町名が知れただけでは探しようがない、と唐十郎は思った。

「おれも、平永町のどこか訊いたのですが、飲み屋の近くに料理屋があったのだけは覚えている、とのことでした」

「料理屋の名は」

唐十郎が訊いた。

「それが、覚えてないようです」

「料理屋というだけではな……」

唐十郎は、松永行きつけの飲み屋を突き止めるのは難しいと思った。

そのとき、唐十郎と弥次郎のやり取りを聞いていた源之助が、

「平永町に、料理屋はあまりないはずだ。料理屋がどこにあるか訊けば、飲み屋も突き止められるのではないか」

と、口を挟んだ。

「ともかく平永町に、行ってみるか」

唐十郎が言った。

唐十郎たち三人は、小柳町から平永町にむかった。そして、平永町の通りに入っていっとき歩いたとき、唐十郎が道沿いにあった八百屋に目をとめ、店先にいた親爺に、

「この近くに、料理屋があると聞いてきたのだが、知らないか」

と訊いた。

「料理屋ですかい」

そう言って、親爺は小首を傾げていたが、

「この通りを神田川の方にしばらく歩くと、料理屋があったような気がしやすが、あっしは入ったことがねえんで……」

と、自信のなさそうな顔をして言った。

「行ってみるか」

唐十郎が、源之助と弥次郎に目をやって言った。

唐十郎たちは、親爺に言われたとおり、神田川の方にむかって歩いた。そして、

五、六町歩いたろうか。

「そこに、料理屋らしい店があります」

弥次郎が、前方を指差して言った。

通り沿いに、二階建ての料理屋らしい店があった。この辺りまで来ると、人通りが多くなり、通り沿いには一膳めし屋、そば屋、うどん屋などが軒を並べていた。

唐十郎たちは、料理屋らしい店の前まで行ってみた。

「看板を見ろ」

源之助が、店の入口を指差した。

入口の脇の掛看板に、「御料理　酒　升乃屋」と書かれていた。親爺が話していた料理屋は、この店らしい。

「飲み屋は、あれだ」

源之助が、升乃屋の向かいを指差した。

店先に縄暖簾を出した飲み屋があった。看板は出ていなかったが、店の入口の脇の掛行灯に、「酒　めし」と書いてある。酒だけでなく、めしも出すらしい。

「おれが、訊いてみる」

源之助がそう言って、飲み屋に足をむけた。

唐十郎は、動かなかった。三人で連れ立って飲み屋に入って話を聞くと目立ってしまうので、この場は源之助にまかせることにした。

6

唐十郎と弥次郎は、通りの邪魔にならないように飲み屋の脇に立って、源之助が出てくるのを待っていた。

いっときすると、源之助が出てきた。源之助は飲み屋の戸口に立って周囲に目をやり、店の脇にいる唐十郎たちに気付くと、足早に近寄ってきた。

「松永のことで、何か知れたか」

すぐに、唐十郎が訊いた。

「知れた。……松永の家は、この平永町にあるらしい」

源之助が言った。

「平永町のどこだ」

唐十郎が訊いた。平永町は広い町だった。平永町と分かっただけでは、突き止めるのがむずかしい。

「岩井町に近いところらしい」

源之助が言った。岩井町は、平永町の東方にひろがっている。

「その辺りに武家屋敷はないから、借家かそれとも情婦のところにでも身を隠しているとみていいいな」


唐十郎が言った。平永町も岩井町も、武家地ではなかった。武士が住むとすれば、借家か妾宅であろう。

「どうする」

源之助が、唐十郎と弥次郎に目をやって訊いた。

「まず、岩井町に行ってみよう」

唐十郎は、岩井町で聞き込みにあたれば、松永の隠れ家が知れるのではないかと思った。唐十郎たち三人は、岩井町にむかった。そして、いっとき歩いてから、通りかかった地元の住人らしい初老の男に、

「この辺りは、岩井町かな」

と、唐十郎が訊いた。

「そうでさァ」

「平永町は近くか」

「へい、一町ほど歩けば、平永町でさァ」

男は、素っ気(そつけ)なく言った。

「平永町に、おれの知り合いの松永という武士が住んでいるのだが、家はどこか知っているか」

唐十郎は、松永を知り合いということにして訊いた。この辺りは武家地ではないので、武士が住んでいるのは珍しいはずだ。近くの住人なら、噂を耳にしているだろう。

「お侍さまの住んでいる家は、近くにありませんが……」

男は小首を傾げて言った後、

「情婦(いろ)を囲っている家なら知ってますよ」

と、声をひそめて言い添えた。

「その家を教えてくれ」

唐十郎は男に身を寄せた。

「この道を二町ほど歩くと、下駄屋がありやす。その下駄屋の脇の道に入(へえ)ると、板塀(いたべい)を巡らせた家がありやしてね。その家に、情婦を囲っているようでさァ」

男の目に、好奇の色が浮かんでいる。

「武士が、その家に来ているのだな」

唐十郎は、念を押すように訊いた。

「いま来ているかどうかは分からねえ」

男が、素っ気なく言った。

「手間を取らせたな」

唐十郎はそう言って、男から離れた。

そして、源之助と弥次郎に親爺から聞いたことを話した後、

「ともかく、親爺が話していた家に行ってみよう」

と、ふたりに目をやって言った。

唐十郎たち三人は、親爺が口にした道筋を二町ほど歩いた。

「そこに、下駄屋がある」

源之助が、路傍に足をとめて指差した。下駄屋の脇に小径(こみち)がある。

「その道に、入ってみますか」

弥次郎が言った。

「入ってみよう」

唐十郎たちは人目を引かないように、すこし間をとって歩いた。

小径に入って、半町ほど歩いたろうか。道沿いに、板塀を巡らせた仕舞屋があるのに目をとめた。

唐十郎は路傍に足をとめ、源之助と弥次郎が近付くのを待って、

「あれが、松永が情婦(おんな)を囲っている家らしい」

と言って、指差した。

「松永は来ているかな」

源之助が言った。

「近くまで行ってみるか」

唐十郎は、仕舞屋の方に足をむけた。

源之助と弥次郎が、すこし間をとって歩いてきた。三人は、人目を引かないように通行人を装ったのである。

唐十郎は家の近くまで来ると、すこし歩調を緩めた。家の中から、床板を踏むような音がかすかに聞こえたが、他の物音や話し声はしなかった。

唐十郎は、足をとめずに家の前を通り過ぎた。そして、半町ほど歩いてから路傍に足をとめた。

唐十郎は後続のふたりが近付くのを待ち、

「家には、女しかいなかったようだ」

と、小声で言った。聞こえたのは、女のものと思われる足音だけだったのだ。

「おれも、耳にしたのは足音だけだ」

源之助が言うと、弥次郎もうなずいた。

「どうする」

唐十郎が、源之助と弥次郎に目をやって訊いた。

「家に入って、女に話を聞くわけにはいかないですね」

弥次郎が、呟(つぶや)くような声で言った。

「ここで、松永が姿を見せるまで張り込んでいるわけにもいかないし、出直すしかないな」

唐十郎が言うと、源之助と弥次郎がうなずいた。

7

唐十郎たち三人は、平永町から柳原通りに出た。そして、東に足をむけた。唐十郎と弥次郎は、神田松永町にある狩谷道場に帰るつもりだった。

源之助は、途中で唐十郎たちと分かれた。豊島町にある青山道場にもどるのだろう。

このとき、唐十郎たちから半町ほど後ろを若い武士がひとり歩いていた。武士の名は村田康太郎（むらたこうたろう）。杉浦道場の門弟である。

村田は道場主の杉浦から所用を頼まれ、松永に会うために情婦の住む平永町に行き、情婦の住む家の近くで唐十郎たち三人の姿を目にしたのだ。

そのとき、村田は、

……青山源之助がいる！

と、胸の内で声を上げた。

村田は、唐十郎と弥次郎を見るのは初めてだったが、源之助の顔は何度も目にしていた。そして村田は、唐十郎たち三人の跡をつけ始めたのだ。

唐十郎たちは尾行者に気付かず、柳原通りを東にむかった。そして、和泉橋の袂まで来て、源之助が分かれた。

唐十郎と弥次郎は、和泉橋を渡った。狩谷道場のある神田松永町に帰るつもりだった。一方、源之助は、そのまま柳原通りを東にむかった。豊島町にある青山道場へ帰るのである。

唐十郎たち三人の跡をつけてきた村田は、和泉橋の袂まで来ると、躊躇なく橋を渡って、唐十郎と弥次郎の跡をつけ始めた。柳原通りを東にむかった源之助は、このまま豊島町にある青山道場に帰る、とみたのだ。

唐十郎と弥次郎は、尾行者に気付かなかった。そのまま、神田松永町にある狩谷道場に入った。

跡をつけてきた村田は、唐十郎たちが道場に入ったのを確かめると、近くにある道沿いの店に立ち寄り、道場主の名や流派などを訊いてから、来た道を引き返した。

その二日後、唐十郎は、動静を源之助に訊いてみようと思い、道場にいた弥次郎とともに戸口に足をむけた。

そのとき、弐平が道場に飛び込んできた。

弐平は唐十郎と弥次郎を見るなり、

「た、大変ですぜ！」

と、声を上げた。

「どうした、弐平」

すぐに、唐十郎が訊いた。

「何人もの二本差しが、こちらに向かってきやす！」

弐平が、昂った声で言った。

「何者だ」

「はっきりしたことは分からねえが、小柳町にある道場のやつらかもしれねえ」

「杉浦道場か！」

「そうかもしれねえ」

「おれが、見てきます」

言いざま、弥次郎が道場から戸口にむかった。

待つまでもなく、弥次郎はすぐにもどってきた。

「来るぞ！　杉浦道場のやつらとみていい」

大柄な武士が、門弟らしい武士を七、八人引き連れて来るという。

「その大柄な武士というのが、松永ではないか」

唐十郎が訊いた。

「松永かもしれない」

「外へ出るか」

唐十郎は、道場内に踏み込まれ、大勢の敵に取り囲まれたら太刀打ちできないと思った。居合は正面の敵には強いが、背後や脇から来る複数の敵には弱いところがある。

「戸口で、迎え撃ちますか」

弥次郎が訊いた。

「そうしよう」

唐十郎は弐平に目をやり、「母屋に父上がいるから、知らせてくれ」と頼んだ。

「承知しやした」

弐平はすぐに、道場の裏手にある戸口から外へ出た。母屋にいる桑兵衛に知らせにいったのである。

唐十郎と弥次郎は、道場から表に出た。

「あれだ！」

弥次郎が指差して言った。

通りの先に、何人もの武士の姿が見えた。

大柄な武士と、七、八人の門弟らしい武士が、足早にこちらにむかって来る。

「戸口から出てきた！」

「本間と狩谷だ！」

武士たちから声が上がり、小走りになった。

武士たちのなかには、抜刀して抜き身を手にしている者がいた。その刀身が陽を反射して、キラッ、キラッ、とひかった。

唐十郎と弥次郎は、道場の戸口の板戸を背にして立った。背後にまわられない場所を選んだのだ。

「ふたりを斬れ！」

武士たちのなかにいた師範代の伊沢が、声を上げた。

その声で、門弟たちが駆け出し、唐十郎と弥次郎を取り囲むように立った。

そのとき、門弟たちのなかにいた大柄な武士が、

「この男は、おれが斬る」

と言って、唐十郎の前に出た。遣い手らしく、身辺に隙（すき）がない。

「おぬし、松永だな」

唐十郎が訊いた。

「どうかな」

武士は、否定しなかった。

唐十郎は、この男が松永だと確信した。

一方、弥次郎の前には、門弟のひとりが立った。二十代半ばと思われる大柄な男である。若い門弟は、弥次郎の左手にまわり込んでいる。

唐十郎は、松永と対峙した。

「一刀で、うぬを斬る！」

松永は青眼に構え、切っ先を唐十郎の目にむけた。

対する唐十郎は、右手で刀の柄を握り、腰を沈めて居合の抜刀体勢をとっている。

唐十郎の脇に立った弥次郎と対峙している大柄な男は、八相に構えていた。門弟のなかでは遣い手らしく、構えに隙がなかった。ただ、真剣勝負の経験はないようで、体が硬くなっていた。それに、腕に力が入り過ぎているのか、八相に構えた刀身が、かすかに震えている。

8

唐十郎と松永の間合は、およそ二間――。真剣勝負の立ち合いの間合としては近い。唐十郎が刀を抜いていないため、近くなったのだ。それに、居合は大きく飛び込んで斬ることは滅多になく、敵と対峙したとき間合を狭くとることが多い。

「いくぞ！」

松永が声をかけ、趾を這うように動かし、ジリジリと間合を狭め始めた。

対する唐十郎は、居合の抜刀体勢をとったまま、松永が仕掛けるのを待っていた。唐十郎は、松永が踏み込んで斬りつけてくる瞬間をとらえるつもりだった。

……遣い手だ！

と、唐十郎は思った。松永の青眼の構えには隙がなく、覆い被さってくるような威圧感があった。

だが、唐十郎は臆さず、松永との間合と斬撃の起こりを読んでいる。

……斬り込みの間合まで、あと半間。

唐十郎がそう読んだとき、ふいに松永の動きがとまった。このまま斬撃の間境を越えると、唐十郎の居合の抜きつけの一刀を浴びると察知したのかもしれない。

イヤアッ！

突如、松永が裂帛の気合を発した。気合で唐十郎の気を乱し、抜刀の構えを崩そうとしたのだ。

だが、気合を発した瞬間、松永の体が硬くなった。この一瞬の隙を、唐十郎がとらえた。唐十郎は一歩踏み込みざま、抜刀した。

唐十郎の腰から、閃光がはしった。

袈裟へ――。稲妻のような一瞬の抜き打ちである。松永の小袖が、肩から胸にかけて裂けた。

咄嗟に、松永は身を退いたが、間に合わなかった。松永の小袖が、肩から胸にかけて裂けた。露になった肌に血の色が浮いた。だが、傷は浅かった。一瞬、松永は身を退いたため、浅手で済んだのだ。

松永は青眼に構え、

「居合が抜いたな！」

と、声を上げた。顔に薄笑いが浮いている。

唐十郎はすかさず、刀身を引いて脇構えにとった。刀を鞘に納めて、居合の抜刀体勢をとる間がなかったのだ。

唐十郎は、慌てなかった。脇構えから、居合の抜刀の呼吸で斬り付けるつもりだった。居合で抜刀した後の構えや刀法も、ふだんの稽古のなかに取り入れてあったのだ。

このとき、弥次郎は大柄な男と対峙していたが、先に大柄な男が動いた。松永が斬り込んだのを見て、自分も仕掛けようと思ったらしい。

大柄な男は八相に構え、足裏を摺るようにして、弥次郎との間合を狭めてきた。対する弥次郎は、居合の抜刀体勢をとったまま、大柄な男との間合と斬撃の起こりを読んでいる。

ふいに、大柄な男の寄り身がとまった。動じない弥次郎を見て、このまま斬撃の間合に踏み込むのは危険だ、と察知したのかもしれない。

……居合の抜刀の間合まで、あと半間！

弥次郎が、そう読んだときだった。

弥次郎の左手にまわり込んでいた若侍が、八相に構えたまま一歩踏み込んだ。この動きに、大柄な男は身を退いた。そのとき、構えがくずれた。

弥次郎は、大柄な男の一瞬の隙をとらえた。

一歩踏み込みざま、鋭い気合を発して抜きつけた。

袈裟へ――。

咄嗟に、大柄な男は身を退いたが、間に合わなかった。

弥次郎の刀の切っ先が、大柄な男をとらえた。

大柄な男の脇腹辺りを横に斬り裂いた。露になった脇腹から血が流れ出た。大柄な男は、慌てて後ずさった。顔が、恐怖でゆがんでいる。

弥次郎がさらに踏み込んで斬りつけようとすると、脇にいた別の男が、いきなり踏み込んできた。

男は甲走（かんばし）った気合を発して袈裟に斬り込んできたが、迅（はや）さも鋭さもなかった。

弥次郎は身を退いて男の斬撃を躱（かわ）すと、刀身を横に払った。素早い太刀捌きである。弥次郎の切っ先が、男の脇腹辺りの小袖を斬り裂いたが、肌まではとどかなかった。それでも、男は悲鳴を上げて逃げた。

このとき、桑兵衛と弐平が駆け付けた。弐平は闘いに加わらず、すこし離れた場所で足をとめた。

「おれが相手だ！」

桑兵衛は、松永の脇にいた若い門弟のひとりに背後から身を寄せざま、いきなり抜き打ちで斬りつけた。

シャッという抜刀の音がし、閃光が袈裟にはしった。居合の一瞬の抜き打ちである。

若い門弟は、悲鳴を上げて身を退け反（の ぞ）らせた。肩から背にかけて小袖が裂け、肌に血の線がはしった。だが、浅手だった。皮肉を薄く裂かれただけである。

桑兵衛は、若い門弟に深手を与えないように手加減して斬ったのだ。それでも、若い門弟は悲鳴を上げて逃げ出した。

これを見た他の門弟たちは、顔に恐怖の色を浮かべると、

「新たな敵だ！」

「遣い手だぞ！」

などと叫び、慌ててその場から身を退いた。そして、道場の前から離れると、反転して走りだした。逃げたのである。

依然として松永は唐十郎と対峙していたが、門弟たちが逃げ始めるのを目にし、

「勝負、預けた！」

と叫び、身を退いてから反転した。

松永が逃げると、その場に残っていた門弟たちも走りだした。抜き身を手にしたまま、逃げていく。

ひとり、その場に残った男がいた。弥次郎に脇腹を斬られた大柄な男である。

男の体が激しく顫（ふる）え、顔が恐怖で引き攣（つ）っていた。斬られた脇腹は血に染まっていたが、皮肉を裂かれただけらしい。

桑兵衛は男に身を寄せ、斬られた脇腹に目をやった。そして、顔を和（やわ）らげ、

「手拭（てぬぐ）いを持っているか」

と、その場にいた男たちに目をやって訊いた。

「持ってやす」

弐平が懐から手拭いを取り出して、桑兵衛に渡した。

桑兵衛は手拭いを折り畳み、男の斬られた脇腹に当てると、

「手拭いを押さえろ。しばらくすれば、血がとまるはずだ」

と言って、男に手拭いを押さえさせた。

男は手拭いを押さえ、

「お、おれを助けてくれるのか」

と、涙声で言った。

「おまえは、おれたちを憎んで、ここを襲ったわけではないだろう。杉浦道場の者に言われ、仕方なくくわわったのではないか」

桑兵衛が言った。

「そ、そうだ」

男が声をつまらせて言った。

「おれたちは、おまえを斬るつもりなどない」

桑兵衛は、そう言った後、

「名は」

と、男に訊いた。

「村沢洋太郎」

男が名乗った。

「村沢か……」

桑兵衛は村沢から身を退き、「何かあったら訊いてくれ」と言って、その場にいた唐十郎たちに目をやった。

「ところで、青山道場の道場主だった青山庄兵衛どのと師範代の矢島新次郎どのを斬ったのはだれだ」

唐十郎が訊いた。

村沢は戸惑うような顔をしていたが、

「松永さまと、師範代の伊沢さまと聞きました」

と、小声で言った。

「やはり、そうか」

唐十郎はうなずいた。はっきりしなかったが、松永と伊沢が、青山庄兵衛と矢島新次郎を斬ったのではないかとみていた。

その場にいた弥次郎と桑兵衛も、無言でうなずいた。唐十郎は、桑兵衛にも松永や伊沢のことを話してあったのだ。

唐十郎たちは、村沢をそのまま帰してやった。杉浦道場には、もどらないとみたからである。

第三章　反撃

1

「入身右旋、参る」

唐十郎が、弥次郎に声をかけた。

ふたりがいるのは、狩谷道場である。ふたりは、小宮山流居合の中伝十勢の稽古をしていたのだ。入身右旋は、中伝十勢のなかにある技である。

「おお!」

弥次郎が、声を上げた。弥次郎は、道場のなかほどに立っていた。刀を手にせず、腰に差したままである。

唐十郎は腰に差した刀の柄に右手を添えると、抜刀体勢をとったまま素早く弥次郎の脇に踏み込んだ。そして、右手に体を向けざま、鋭い気合を発して抜きつけた。

唐十郎の手にした刀の切っ先は、弥次郎の二の腕の近くでとまっている。切っ先が、弥次郎の体に触れないようにとめたのだ。

「迅い動きです」

弥次郎が声をかけた。

「今度は、おれが斬られ役になる。弥次郎が斬ってくれ」

そう言って、唐十郎は道場の中央に立った。

弥次郎は、三間ほどの間合をとって唐十郎と対峙し、

「それがしも入身右旋、参ります」

と声をかけ、刀の柄に右手を添えた。

そのとき、道場の表戸の開く音が聞こえた。つづいて、土間に入ってくる足音がした。誰か来たらしい。

「狩谷の旦那、いやすか」

と、弐平の声がした。

「いるぞ。入ってこい」

唐十郎が声をかけた。

すると、土間から板間に上がる音がし、すぐに板戸が開いた。

弐平は唐十郎たちの姿を目にすると、道場に入ってきた。

「どうした、弐平」

唐十郎が訊いた。

「この道場を見張っているやつがいやすぜ」

弐平が目をひからせて言った。

「どこにいる」

「道場の前の通りを、半町ほど行ったところにある樫の木の陰でさァ」

「武士か」

「へい、ふたりいやした」

弐平は、道場に来る途中でふたりの姿を目にすると、すこし遠回りになるが、道沿いの店の裏手をたどって、道場の近くまで来たという。

「執念深いやつらだ」

唐十郎が言うと、そばに寄ってきた弥次郎も顔をしかめてうなずいた。

「道場を見張って、どうする気かな」

唐十郎が言った。

「道場を探るのではなく、外出するおれたちの跡をつけて、途中で襲うか、行き先を突き止めるかするつもりではないでしょうか」

弥次郎が、顔を厳しくした。

「迂闊に道場を出られないな」

唐十郎は顔をしかめた。

「ふたりを、捕まえやすか」

弐平が身を乗り出して言った。

「ふたりを捕まえて口を割ったとしても、たいしたことは聞き出せまい」

唐十郎はそう言って、いっとき間を置いてから、

「どうだ、逆にふたりの跡をつけて、行き先を突き止めるか。ふたりが杉浦道場にもどったら、おれたちが道場を見張って、道場主や師範代が出てくるのを待って討つなり捕らえるなりしてもいい」

と、弥次郎に目をやって言った。

唐十郎は、執拗に道場の門弟を使って唐十郎たちを探る杉浦たちのやり方にうんざりしていたのだ。

弥次郎がうなずくと、

「あっしも、手を貸しやすぜ」

弐平が身を乗り出して言った。

「弐平に、頼みがある。道場の裏手から出てな、ふたりに気付かれないように見張ってくれ。そして、ふたりが動いたら、おれたちに知らせてくれ」

「承知しやした」

弐平が、目をひからせて言った。

唐十郎と弥次郎は、道場を見張っているふたりを弐平にまかせ、ふたたび居合の稽古を始めた。

それから半刻(はんとき)(一時間)ほど経(た)ったろうか。弐平が慌てた様子で道場に入ってくるなり、

「ふたりが、見張りをやめて帰(けえ)りやすぜ」

と、声高(こわだか)に言った。

「跡をつけよう。弐平、先に行ってくれ。おれたちは、弐平の跡をつける」

唐十郎は、弐平なら、ふたりの武士が振り返って見ても、不審は抱かないだろうと思った。

「先に、道場を出やすぜ」

弐平は、すぐにその場を後にした。

唐十郎と弥次郎は、弐平からすこし遅れて道場を出た。半町ほど先を、弐平が歩いている。

弐平は物陰に身を隠したりせず、同じ歩調で歩いていく。そうやって通行人に成り済まし、前を行くふたりが振り返って見ても不審を抱かないようにしているのだ。

唐十郎たちの尾行は楽だった。物陰に身を隠す必要はなく、弐平の後ろ姿を見て、歩いていけばいいのである。

唐十郎たちは、御徒町通りを南にむかった。そして、神田川にかかる和泉橋を渡った。前を行く弐平は和泉橋を渡ると、柳原通りを西にむかった。

「やはり、杉浦道場へ向かうようだ」

唐十郎が言った。

唐十郎たちは柳原通りを西にむかい、途中左手の道に入って小柳町に出た。そして、二丁目の道筋をいっとき歩くと、道沿いに杉浦道場が見えてきた。ひっそりとして、人声や物音は聞こえなかった。

「道場には、だれもいないようです」

弥次郎が、道場に目をやって言った。

「裏手にある母屋(おもや)ではないか」

唐十郎は、道場主の杉浦や食客の松永は、裏手にある母屋に寝泊まりしているのではないかとみた。恐らく、門弟たちも母屋に出入りしているのだろう。

「どうしやす。母屋を覗(のぞ)いてみやすか」

弐平が訊いた。

「やめておこう。ここにいる三人だけでは、返り討ちに遭う恐れがある」

唐十郎は、母屋に道場主の杉浦、食客の松永、それに師範代の伊沢の三人がいれば、後れをとるとみた。それに、門弟が何人いるか分からない。

「どうしやす」

弐平が訊いた。

「せっかくここまで来たのだ。青山道場に寄ってみよう」

唐十郎は、源之助に話しておきたいことがあったのだ。

2

唐十郎たちは柳原通りにもどり、東に足をむけた。豊島町一丁目にある青山道場に立ち寄るつもりだった。

唐十郎たちは豊島町一丁目に来て、いっとき歩いてから古着屋の脇の道に入った。そして、道沿いにある道場の前まで来た。稽古中ではないようだが、道場の表戸の向こうから男たちの声が聞こえた。

「源之助どのがいるようです」

弥次郎が言った。道場内で、聞き覚えのある源之助の声がしたのだ。

唐十郎は道場の表の板戸の開いたところから土間に入り、

「頼もう！　どなたか、おられるか」

と声をかけた。

すると、道場内の話し声がやみ、板戸に近付いてくる足音が聞こえた。そして、板戸の開いているところから、源之助が姿を見せた。

「おお、狩谷どのたちか」

源之助が、声を上げた。

「近くを通りかかったので、寄ってみたのだ」

唐十郎が言った。

「上がってくれ。何人か門弟が残っているが、すぐ帰す」

源之助はそう言って、唐十郎たちを道場に上げると、正面の師範座所近くに座していた三人の門弟らしい男のそばに行った。

源之助が三人の男に何やら話すと、三人は傍(かたわ)らに置いてあった大刀を手にして立ち上がった。そして、三人は唐十郎たちのそばに来ると、頭を下げて名乗ってから道場を出ていった。三人とも、青山道場の高弟らしい。

唐十郎は道場のなかほどで源之助と対座すると、

「実は、杉浦道場の者たちに、道場を見張られてな。迂闊に道場も出られないのだ」

そう言って、苦笑いを浮かべた。

「狩谷道場を見張っていたのか」

源之助が、驚いたような顔をして訊いた。

「そうだ。……ただ、道場に踏み込んでくることはないようだ。おれたちの動きを探るつもりなのだろう」

唐十郎が言うと、脇に座した弥次郎がうなずいた。弐平は殊勝な顔をして座っている。

「そういえば、この道場も見張られているようだ。……何人かの門弟が、物陰から道場の方へ目をやっている男を目にしているのだ」

源之助が、顔を厳しくして言った。

「まちがいない。杉浦道場の者たちが、この道場を見張っているのだ」

唐十郎が言った。

「……」

源之助は、虚空を睨むように見据えていたが、

「そのうち、道場を見張るだけでは済まなくなるな。道場に踏み込んできて、おれや門弟たちを狙うかもしれん」

と、顔を厳しくして言った。

「その懸念は、あるな」

唐十郎は、居合を指南する狩谷道場はともかく、青山道場の門弟には手を出すのではないかと思った。

「このまま、座視しているわけにはいかないな」

源之助が言った。

「向こうから仕掛けてくるのを待つのではなく、こちらが先に手を打つか」

「何かいい手はあるか」

「そうだな」

唐十郎は口をつぐんだ。これといった手が、浮かばなかったのだ。

すると、黙って聞いていた弥次郎が、

「まず、道場を見張っている者を襲ったらどうでしょう。斬り殺してもいい。すでに、青山道場の門弟がふたりも殺されているではないですか」

と、語気を強くして言った。

「本間どのの言うとおりだ。見張り役や尾行者を討ち取れば、杉浦道場の者たちも、迂闊に手が出せなくなる」

源之助が言った。

「よし、目についた杉浦道場の者たちを討ち取ろう。何人か始末すれば、用心して青山道場だけでなく、おれたちの道場にも手を出さなくなるはずだ」

唐十郎が言うと、その場にいた男たちがうなずいた。

次に口をひらく者がなく、道場内が静寂につつまれたとき、

「見張りを討ち取る役は、おれたちにやらせてくれないか」

唐十郎が、源之助に目をやって言った。

相手にもよるが、下手に真剣勝負を挑むと、腕のたつ者でも後れをとることがある。竹刀の打ち合いと真剣勝負は違うのだ。そこへいくと、居合は稽古も真剣でやるし、技も敵を斬るために工夫されている。

「そうしてもらえると、有り難い」

源之助が、ほっとした顔をした。源之助も、門弟たちが真剣でやり合うようなことになれば、犠牲者が出ると踏んだようだ。

「何日か、ここに来てみる」

唐十郎が言うと、弥次郎もうなずいた。

さらに唐十郎は、

「杉浦道場の者が姿を見せるのは、何時(なんどき)ごろだ」

と、源之助に訊いた。討ち取る役を引き受けるとはいっても、青山道場に朝から夕方まで詰めているわけにはいかなかったのだ。

「日によって違うが、午後の稽古が始まる八ツ（午後二時）ごろが多いようだ」

源之助によると、見張りの男は稽古の終わる七ツ半（午後五時）ごろまで居て、姿を消すことが多いという。

唐十郎が訊いた。

「道場を見張るだけか」

「門弟たちを襲うのが目的ではなく、狙いは、おれたちらしい。機会を見て、おれたちを襲う気ではないかな」

源之助が顔を厳しくして言った。

「そうか。……道場主だった庄兵衛どのと師範代だった矢島どのと同じように、源之助どのを狙っているのか」

「そう見ているが、はっきりしたことは分からん」

源之助が、声をひそめて言った。

「いずれにしろ、道場を見張っている者がいたら、おれたちが討ち取る」

唐十郎が語気を強くして言った。

3

翌日、唐十郎、弥次郎、弐平の三人は、午後になってから狩谷道場を出た。三人がむかった先は、豊島町にある青山道場である。

唐十郎は弐平を連れて行くつもりはなかったが、弐平が道場に姿を見せ、「あっしも行きやす」と言って、ついてきたのだ。

唐十郎たちは、前方に青山道場が見えてくると、通り沿いの樹陰や家の陰などに目をやりながら歩いた。道場を見張っている者がいないか、探りながら道場にむかったのだ。

唐十郎たちは道場の近くまで来たが、それらしい者の姿はなかった。

道場内では、剣術の稽古がおこなわれていた。二十数人の門弟が道場の片側に座し、道場主の源之助とふたりの高弟が、防具をつけて上座に立っていた。門弟たちに、稽古をつけているのだ。

唐十郎たちは、道場主の座す一段高い師範座所に案内されたが、そこには座らず、座所の前の床に座した。

唐十郎たちが道場に来て一刻（二時間）ほどして、稽古は終わった。そして、門弟たちは着替えを終えると、ふたり、三人と道場を出ていった。

唐十郎たちは道場の戸口まで出て、帰っていく門弟たちと通り沿いの物陰に目を配った。待ち伏せている者がいないか、探ったのである。

「いやす！」

弐平が昂った声で言った。

「どこにいる」

唐十郎が訊いた。

「樫の木の陰に！」

弐平が指差した。

見ると、一町ほど先の路傍に樫が枝葉を茂らせていた。その樹陰に人影があった。遠方ではっきり見えないが、武士であることは知れた。腰に差した刀が見えたのである。

「あやつを捕まえよう」

唐十郎はそう言った後、

「樫の木の先に出る別の道はあるか」

と、源之助に訊いた。

「ある。そこに、八百屋があるな。店の脇の細い道をたどれば、男が身を潜めている樫の木の先に出られる」

源之助が、道場からすこし先にある八百屋を指差して言った。

「挟み撃ちにしよう。青山どのたちは、八百屋の脇の道をたどって、あの男の向こうに出てくれ。おれたちは、ここから樫の木にむかう」

唐十郎が言った。

「承知した」

源之助は、そばにいた木島勝三郎という高弟のひとりに、一緒に来るよう声をかけ、ふたりでその場を離れた。

ふたりは八百屋の脇まで行くと小径に入ったらしく、その姿が見えなくなった。

その場に残った唐十郎、弥次郎、弐平の三人は、源之助と木島が樫の木の先に出る頃合いを見計らって、道場の前を離れた。

唐十郎たち三人は、すこし間をとって歩いた。樹陰に隠れている男に気付かれないためだが、近付けば知れるだろう。

唐十郎たちは、樫の木に近付いていった。

武士は唐十郎たちに気付いたようだが、その場から逃げ出さず、通りから見づらい樹陰にまわった。身を隠したつもりらしい。

唐十郎たちは、足早に近付いていく。樹陰の男は、さらに身をちいさくして隠れようとした。

そのときだった。樫の木の先に、源之助たちの姿が見えた。源之助と木島が、足早に近付いてくる。

唐十郎たちも、小走りに樫の木に近付いていった。

そのとき、樹陰にいた男は道の両側から迫ってくる男たちを見て、自分を捕らえにきたと察知したらしく、樹陰から飛び出した。

男は、源之助たちのいる方へ走ってきた。脇を擦り抜けて、逃げるつもりらしい。

「逃がさぬ！」

源之助は抜刀し、刀身を峰に返した。峰打ちにして、男を生きたまま捕らえようとしたのだ。

男は刀を抜かず、源之助の脇を走り抜けようとした。

源之助は素早く踏み込み、刀身を横に払った。峰打ちが、男の腹をとらえた。

グエッ、という呻き声を上げ、男は両手で腹を押さえて蹲った。

「動くな！」

源之助が、切っ先を男の首の辺りにむけた。

そこへ、唐十郎たちが駆け付けた。

「どうする、この男」

源之助が訊いた。

「杉浦道場のことを訊いてみよう」

唐十郎が言った。

「ここで訊くわけにはいかない。道場へ連れて行こう」

源之助が言い、その場に集まった唐十郎たちが、捕らえた男を取り囲むようにして青山道場まで連れていった。

唐十郎たちは捕らえた男を道場のなかほどに座らせると、

「おぬしの名は」

と、唐十郎が訊いた。

「…………」

男は、口を開かなかった。恐怖で身を顫わせている。

「いまさら、隠してもどうにもならぬぞ。喋らなければ、この場で死ぬことになる。道場破りにきた男が、木刀で打たれて死んだことにでもする」

「……！」

男の顔から血の気が引いた。

「おぬしの名は！」

唐十郎が、語気を強くして訊いた。

「ま、前島、弥七郎……」

男が、声を震わせて名乗った。

「前島、杉浦道場の門弟だな」

唐十郎が、杉浦道場の名を出して訊いた。

「そ、そうだ」

前島は隠さなかった。名乗ったことで、隠す気が薄れたのだろう。

「道場の門弟が、何故、他の道場の見張りなどするのだ」

唐十郎が、胸の内で思っていたことを訊いた。

前島は戸惑うような顔をしたが、

「す、杉浦さまに、頼まれたのだ」

と、声をつまらせて言った。

「頼まれれば、他の道場の見張りまでするのか」

唐十郎は前島だけでなく、他の門弟も杉浦の指示で動いているらしいと思った。

「そ、それは、新しい道場ができるまで、稽古らしい稽古ができないから……」

前島は語尾を濁らせた。

「それだけの理由ではあるまい」

「……」

前島は、口をつぐんだまま何も言わなかった。

「金でも貰ったか」

唐十郎が、揶揄するように言った。

「金など貰っていない」

前島の声が、大きくなった。

「では、なぜ、杉浦の言いなりになっているのだ」

唐十郎が畳み掛けるように訊いた。

「ど、道場が新しくなったら、師範代のひとりに取り立ててくれることになっているのだ」

そう言って、前島は肩を落とした。

「師範代な……」

唐十郎は、それ以上何も言わなかった。

そのとき、源之助が、

「前島、青山道場の道場主だった青山庄兵衛と師範代の矢島新次郎を襲って殺したのは、杉浦道場の師範代の伊沢彦兵衛と食客の松永弥九郎だな」

と、語気を強くして訊いた。

すでに、源之助と唐十郎は、伊沢と松永が庄兵衛と矢島を襲って殺したのではないかとみていた。源之助は、前島に念を押したと言ってもいい。

前島は戸惑うような顔をして口をつぐんでいたが、

「そう聞いている」

と、小声で言った。

「やはりそうか」

源之助は顔を厳しくしてうなずいた。

次に口をひらく者がなく、道場内は静寂につつまれていたが、

「この男は、どうしますか」

弥次郎が、源之助に訊いた。

「しばらく、おれたちがあずかっておく。母屋の裏手にある納屋にでも閉じ込めておくつもりだ。杉浦道場との始末がつけば、帰してもいい」

源之助はそう言った後、

「いずれにしろ、父と師範代の敵を討ってからだ」

と、虚空を睨むように見据えて言い添えた。

4

唐十郎や源之助たちが、青山道場を見張っていた前島を捕らえて話を聞いた二日後だった。

唐十郎が珍しく姿を見せた門人の山室弥之郎に居合の指南をしていると、源之助が島田茂次郎を連れて道場に姿を見せた。島田は源之助の使いで、狩谷道場に来たことがあったのだ。

唐十郎は、源之助と島田を道場に入れて対座した。

「本間どのは」

源之助が訊いた。道場内に、弥次郎の姿がなかったからだろう。

「そろそろ、来るころだ」

唐十郎が、戸口の方に目をやって言った。

「実は、昨日、道場の様子を探りにきた者がいるのだ」

源之助が、声をあらためて言った。

「そやつ、杉浦道場の者か」

唐十郎の口から、杉浦道場の名が出た。

「はっきりしないが、おれは杉浦道場の者とみている」

「いったい、何を探ろうとしているのだ。前島を捕らえたばかりではないか」

「分からぬ。ただ、父や師範代の矢島どののこともある。……おれだけでなく、下手をすると、さらに門弟が襲われるかもしれん」

源之助が言うと、

「門弟が稽古の帰りに跡をつけられたこともあったのです」

と、脇にいた島田が言い添えた。

「厄介だな」

唐十郎は、何か手を打たねば、青山道場の門弟たちから新たな犠牲者が出ると思った。次に口をひらく者がなく、道場内が重苦しい沈黙につつまれたとき、戸口で足音がし、道場の板戸が開いた。姿を見せたのは、弥次郎だった。

弥次郎は源之助を目にすると、

「源之助どのたちが見えていましたか。道場に来るのが、すこし遅くなったようです」

そう言って、慌てて唐十郎の脇に腰を下ろした。

「話をつづけてくれ」

唐十郎が、島田に目をやって言った。

島田が、改めて杉浦道場を探っている者がいたことを口にした後、

「このままだと、門弟から犠牲者が出るとみている」

と、言い添えた。

「狩谷どの、本間どの、手を貸してはもらえまいか」

源之助が、唐十郎と弥次郎に目をやって言った。

「いいだろう」

唐十郎が言うと、弥次郎もうなずいた。

「それで、どんな手を打つ」

唐十郎が、源之助に訊いた。

源之助は、いっとき虚空に目をむけて黙考していたが、

「まず、道場を探っていた者を捕らえ、口を割らせるつもりだ」

そう言って、唐十郎と弥次郎に目をやった。

「うむ……」

唐十郎は無言だった。すでに、青山道場を見張っていた前島を捕らえて話を聞いていたのだ。

「その男、前島とは動きが違うのだ。道場を見張るのではなく、近所で聞き込んでいたようだ。……それに、昨日、道場の門弟が目にしたのだが、ひとりではなく三人いたらしいのだ」

源之助が言った。

「三人か」

唐十郎が訊き返した。

「そうだ」

「三人となると、ただ青山道場を見張っているだけではないな」

唐十郎が言った。

「おれも、見張りではないとみた。……見張り役だった前島が、おれたちに捕らえられたのを察知し、道場を探っているのではあるまいか」

源之助が眉(まゆ)を寄せて言った。

つづいて口をひらく者がなく、道場内が沈黙につつまれると、

「どうだ、おれと弥次郎のふたりで、道場を探っている男を捕らえてもいいが……。門弟よりおれたちの方が、気付かれないかもしれん」

唐十郎が言った。

「狩谷どのと本間どのに、お願いする」

源之助が、唐十郎と弥次郎に目をやった。

唐十郎がうなずくと、

「いいでしょう」

弥次郎が言った。

「それは有り難い」

「それで、何時ごろ、道場に行けばいい」

唐十郎が訊いた。

「道場の稽古の始まる八ツ（午後二時）ごろ、来てもらえると有り難いが」

「承知した」

唐十郎が言うと、弥次郎は無言でうなずいた。

それから半刻（一時間）ほど話し、唐十郎と弥次郎は、源之助たちとともに狩谷道場を出た。まだ八ツまでには時間があるが、源之助たちと一緒に青山道場へ行くつもりだった。

唐十郎たちは青山道場の近くまで来ると、通り沿いの樹陰や店の脇などに目をやりながら歩いたが、道場を見張っていると思われる男の姿はなかった。

陽は頭上にあった。九ツ（正午）ちかかった。唐十郎たちは、道沿いにあったそば屋に立ち寄り、腹拵え（はらごしら）をしてから青山道場に入った。

まだ午後の稽古前だったので、門弟たちの姿はなかった。稽古の始まるまで、半刻（一時間）以上あるだろう。

5

午後になると、門弟がひとり、ふたりと姿を見せた。これから道場で、稽古が始まるらしい。

道場主の源之助は稽古着に着替え、高弟の木島とともに道場に立った。門弟たちに指南するためである。

一方、唐十郎と弥次郎は道場の脇に身を隠して、通りに目をやっていた。道場を探っている者がいないか、見ていたのだ。

道場内で稽古が始まり、小半刻(三十分)ほど経ったろうか。通りの先に目をやっていた弥次郎が、

「あの男ではないですか」

と言って、通りの先を指差した。

一町ほど先に、ふたりの武士の姿があった。ふたりとも小袖に袴姿で、大小を帯びている。

ふたりは路傍に立って、道場に目をむけているようだったが、いっときすると道沿

いの仕舞屋の陰にまわった。

「あのふたり、道場を見張っているようです」

弥次郎が言った。

「今日は、ふたりか」

「道場を探り、仲間が来るのを待って、道場を襲う気ではないですか」

「そうみていいな」

唐十郎は、ふたりに目をやりながら言った。ふたりは、道場から門弟たちがいなくなり、青山家の者たちだけになるときを狙って、襲うつもりではないかと思った。襲撃には、松永と伊沢、それに道場主の杉浦唐三郎もくわわるかもしれない。

「どうします」

弥次郎が訊いた。

「あのふたりを捕らえるか」

唐十郎は、ふたりに話を聞いてから、逆に青山道場の者たちが、杉浦道場を襲ってもいいと思った。

「やりましょう」

弥次郎も、その気になった。

唐十郎と弥次郎は、道場を見張っているふたりに気付かれないように、網代笠(あじろがさ)をかぶって顔を隠した。

そして、唐十郎が先にたち、弥次郎は半町ほど離れて、ふたりの武士のいる場にむかった。

ふたりの男は、唐十郎たちの姿を目にしたはずだが、仕舞屋の陰から動かなかった。唐十郎たちを通行人とみたのだろう。

唐十郎は、ふたりの男が身を隠している仕舞屋を通り過ぎてから足をとめた。そして、反転すると、ふたりの男に近付いた。

一方、弥次郎は仕舞屋の近くまで来て足をとめた。唐十郎と、ふたりの男を挟み撃ちにするのである。

ふたりの男は、唐十郎と弥次郎の姿を見て戸惑うような顔をした。咄嗟に、青山道場とかかわりのある者とは、思わなかったらしい。

唐十郎はふたりの男に近付くと刀を抜き、刀身を峰に返した。峰打ちにするつもりだった。

すると、弥次郎も刀を抜いた。

ふたりの男のうち、長身の武士は、唐十郎と弥次郎が刀を手にして前後から近寄っ

てくるのを目にすると、

「おれたちを襲う気だ！」

と叫んだ。

もうひとりの中背の武士は、慌てて刀を抜いた。

長身の武士も刀を抜くと、反転して唐十郎と対峙した。

唐十郎は、長身の武士と二間半ほどの間合をとって立つと、

「刀を捨てろ！」

と、声をかけた。

「うぬら、青山道場の者だな！」

長身の武士は声高に言い、青眼に構えた。戦う気らしい。

唐十郎は、脇構えにとった。斬らずに、峰打ちにするために居合は使わず、あえて抜き身を手にして対峙したのだ。

このとき、弥次郎は中背の武士と対峙していた。唐十郎たちとすこし離れた場に立ち、ふたりとも青眼に構えている。

唐十郎は一歩踏み込むと、

「行くぞ！」

と、声をかけた。

その動きと声に、長身の武士が反応した。

イヤァッ！

甲走った気合を発して、斬り込んできた。

振りかぶりざま、真っ向へ——。

咄嗟に、唐十郎は右手に体を寄せざま、脇構えから刀身を横に払った。居合の抜刀の呼吸である。

長身の武士の切っ先は、唐十郎の肩先をかすめて空を切り、唐十郎の刀身は武士の脇腹を強打した。

武士は手にした刀を取り落とし、呻き声を上げてよろめいた。そして、足が止まると、両手で脇腹を押さえて蹲った。苦しげに顔をしかめている。唐十郎の峰打ちで、肋骨(ろっこつ)でも折れたのかもしれない。

「動くな！」

唐十郎は、切っ先を男の喉元につけた。

この間に、弥次郎も中背の武士を仕留めていた。

中背の武士も、弥次郎の峰打ちを腹にうけたらしく、両手で腹を押さえて蹲っている。

「このふたり、道場へ連れて行こう」

唐十郎が言った。

「歩けるかな」

弥次郎が、ふたりの男に目をやって言った。

「歩けるさ。……歩けなければ、ここで始末するだけだ」

唐十郎はふたりの男に切っ先をむけ、

「この場で死にたくなかったら、腹を押さえて、ゆっくりついてこい」

と、声をかけた。

6

唐十郎と弥次郎は、源之助に訊いてから、ふたりの男を道場の裏手にある母屋に連れていった。道場では、まだ門弟たちの稽古がつづけられていたのだ。

唐十郎たちは、庭の見える母屋の部屋で源之助が来るのを待った。庭といっても、狭い場所に、梅と松、それに、つつじが植えてあるだけである。

母屋には源之助の母親のおまつがいて、唐十郎たちのために茶を淹(い)れてくれた。

唐十郎は座敷に腰を落ち着けると、連れてきたふたりの男の猿轡(さるぐつわ)を外し、

「おぬしの名は」

と、長身の武士に訊いた。

長身の武士は、顔をしかめて黙っていたが、

「島川勝次郎(しまかわしょうじろう)……」

と、小声で名乗った。

唐十郎は、島川の脇にいたもうひとりの中背の武士に目をむけ、

「名は」

と、訊いた。

中背の武士は、すぐに名乗った。島川が名乗ったので、隠す気が薄れたのだろう。

「西山忠助(にしやまただすけ)」

「杉浦道場の者か」

唐十郎が、西山に訊いた。

「……」

西山は、口を結んだまま唐十郎から視線を逸(そ)らした。

「黙っていても、おぬしが杉浦道場の門弟であることはすぐに知れる」

唐十郎は西山の脇にいた島川に、「杉浦道場の門弟だな」と念を押すように訊いた。

島川は、ちいさくうなずいた。

唐十郎が、島川と西山から話を聞いていると、部屋の障子が開いて、源之助が姿を見せた。源之助の顔が赤らみ、額に汗が浮いている。早めに稽古を切り上げ、急いで着替えて母屋に来たらしい。

源之助は唐十郎の脇に腰を下ろし、

「待たせたか」

と、額に浮いた汗を手の甲で拭いながら訊いた。

「いま、ふたりから名を聞いたところだ」

唐十郎は、背の高い武士が島川勝次郎で、もうひとりが西山忠助だ、と話した。

「ふたりは、杉浦道場の門弟か」

源之助が、唐十郎に訊いた。

「そのようだ」

「他に訊いたことは」

「ない」

「つづけてくれ」

「気付いたことがあったら、訊いてくれ」

唐十郎はそう言った後、

「青山道場を見張っていたのは、何のためだ」

と、島川を見据えて訊いた。

島川は脇にいる西山を見て戸惑うような顔をしたが、

「道場を探っていたのだ」

と、小声で言った。

「遠くから道場を見ていて、何か分かることがあるのか」

さらに、唐十郎が訊いた。

西山はすぐに口をひらかなかったが、いっときして、

「門弟たちが出入りする様子を見ていたのだ」

と、小声で言った。

「何のために」

唐十郎が畳み掛けるように訊いた。

「そ、それは……」

西山は、声をつまらせた。すぐに答えられないことなのだろう。

「何のために、門弟たちの出入りを探っていた！」

唐十郎が、語気を強くして訊いた。

「……」

西山は口をつぐんだまま視線を膝先に落とした。

「道場に門弟がいなくなるのはいつごろか、探っていたのではないか」

唐十郎が訊くと、西山は驚いたような顔をして唐十郎を見た後、

「そうだ」

と、小声で言った。

「道場に、源之助どのだけ残るのはいつごろか、探ったのだな」

「……」

西山は無言でうなずいた。

唐十郎はいっとき間をとってから、

「青山道場を襲い、源之助どのを討つためだな」

と、西山を見据えて念を押した。

「そ、そうだ」

西山は身を顫わせて言い、肩を落とした。

唐十郎はいっとき口をつぐんでいたが、

「源之助どの、訊いてくれ」

そう言って、西山と島川の前から身を退いた。

源之助は唐十郎に代わってふたりの前に座し、

「ふたりは誰に言われて、この道場を探ったのだ」

と、穏やかな声で訊いた。

西山と島川は、戸惑うような顔をして口をつぐんでいたが、

「道場主の杉浦さまだ」

と、西山のほうが小声で言った。すると、脇に座していた島川が、ちいさく頷いた。

「杉浦はこの道場を探って、何をする気なのだ」

さらに、源之助が訊いた。

「そ、それは……」

西山は言いかけたが、声が出なかった。言い辛いことらしい。

源之助は、西山を見据え、

「門弟たちがいなくなった時に道場を襲い、おれや家族を殺すつもりではないのか」

と、語気を強くして訊いた。

西山は戸惑うような顔をしていたが、

「そうだ」

と小声で言い、肩を落とした。

「何故、青山家の者を皆殺しにしようとするのだ」

源之助の顔に、強い怒りの色が浮いた。

西山も島川も青ざめた顔をし、口をつぐんでいる。

「何か、聞いているだろう」

源之助が、ふたりを睨むように見据えて言った。

「あ、後で、面倒なことにならないように、と言ってました」

西山が、声をつまらせて言った。

「どういうことだ」

「詳しいことは知らないが、後で敵として狙われないように、家族も始末してしまえ、と言われました」

「そういうことか」

源之助の顔から、怒りの色が消えなかった。

次に口をひらく者がなく、座敷が重苦しい沈黙につつまれたとき、それまで黙って聞いていた弥次郎が、

「まだ杉浦道場はひらいてないようだし、松永弥九郎と師範代の伊沢彦兵衛は、ふだんどこにいるのだ」

と、西山と島川に目をやって訊いた。

「道場の裏手にある杉浦さまの家にいることが多いようです」

西山が言った。

「松永さまは、情婦(いろ)のところにいることもあるようです」

島川が言い添え、口許(くちもと)に薄笑いを浮かべたが、すぐに消えた。今、自分が置かれている立場を思い出したのだろう。

「情婦のところにな」

弥次郎はそう言った後、唐十郎と源之助に目をやり、

「下駄屋の脇の家です」

と、小声で言った。

弥次郎は、源之助と一緒に松永が情婦を囲っている家を見にいったことがあった。

その家は、下駄屋の脇の小径を入ったところにあったのだ。

「松永が杉浦道場の裏手の家にいなかったら、情婦の家に行ってみよう」

唐十郎は、杉浦道場に目を配れば、松永も討てるのではないかと思った。

第四章　逆襲

1

青山道場に、男たちが集まっていた。道場主の源之助、高弟の木島勝三郎、そして狩谷道場の唐十郎、弥次郎の四人である。

「杉浦道場の者たちが、この道場を襲うのを待っている手はないな」

唐十郎が、その場にいる三人の男に目をやって言った。

「これから、杉浦道場に踏み込むか。まだ、門弟を集めて稽古はしてないはずだ」

源之助が言った。

「踏み込むのは、ここにいる四人だな」

唐十郎が、源之助に訊いた。

「門弟たちを連れていくことはできない。……四人で行くしかないな」

「いつ行きますか」

弥次郎が、その場の三人に目をやって訊いた。

「早い方がいいな。杉浦たちが出掛けない昼前の早いうちに襲うことにし、ここを朝のうちに出よう。……杉浦道場の裏手にある家を襲うのだ。松永と伊沢がいるかどうか分からないが、道場主の杉浦はいるはずだ」

　唐十郎が言った。

「そうしよう」

　源之助が同意すると、その場にいた唐十郎、弥次郎、木島の三人がうなずいた。

　その日、唐十郎と弥次郎は、青山道場の裏手にある母屋に泊めてもらった。明朝早いので、ふたりとも神田松永町に帰って明日出直すのは、面倒だったのだ。

　翌朝、唐十郎と弥次郎は珍しく早く起きて、青山家で仕度してくれた朝飯を食べた。源之助も朝飯を食べ終え、三人で道場へ行くと、すぐに木島が姿を見せた。

「木島、朝飯は」

　源之助が訊いた。

「食べてきました」

「それなら、これから杉浦道場へ行くか」

「行きましょう」

　木島が言った。緊張しているのか、声に昂った響きがあった。

　唐十郎、弥次郎、源之助、木島の四人は、青山道場を出ると、柳原通りに足をむけた。これから、小柳町二丁目にある杉浦道場へ行くのである。

唐十郎たち四人は、柳原通りに出ると西にむかった。陽は東の空に出ていたが、まだ五ツ（午前八時）前だろう。日中は賑（にぎ）やかな柳原通りも、いまは人影がまばらだった。通りが静かなせいか、神田川の流れの音が妙に大きく聞こえる。

唐十郎たちは和泉橋の袂（たもと）を過ぎてしばらく歩いてから、左手の通りに入った。通りをいっとき歩くと、小柳町に出た。その辺りは、小柳町一丁目である。

唐十郎たちは町屋のつづく通りを歩き、小柳町二丁目に入った。さらに歩くと、通り沿いに道場らしい建物が見えてきた。

唐十郎は路傍（ろぼう）に足をとめ、

「あれが杉浦道場だ」

と言って指差した。

「おい、普請（ふしん）が始まるのではないか」

源之助が言った。

道場のまわりに、足場が組んである。大工らしい男が、何人か足場の近くにいた。

「道場を建て直すようだな」

唐十郎が、道場に目をやりながら言った。

「大工に訊いてみるか」

源之助が言い、道場に足をむけた。唐十郎たち三人は、源之助からすこし間をとってついていく。

源之助は道場の戸口近くにいた大工のひとりに近付き、

「道場を建て直すのか」

と、訊いた。

「改築でさァ」

大工によると、道場の屋根を葺替え、床を張り直すだけだという。

「それにしても、大掛かりな普請になるな」

源之助が言った。

「へい」

「ところで、道場主の杉浦どのは、どこにおられる」

源之助が、声をあらためて訊いた。

「裏手の母屋にいやす」

「杉浦どのの他に、松永どのや伊沢どのもおられるのではないか」

源之助が、ふたりの名を口にした。

「御名前は知らねえが、御武家さまが、何人かおられるようでさァ」

大工はそう言うと、仕事場にもどりたいような素振りを見せた。いつまでも見知らぬ者と話しているわけにはいかないと思ったようだ。

「邪魔したな」

源之助は、その場を離れた。

唐十郎たちは戻ってきた源之助から様子を聞き、裏手の母屋に、杉浦の他に武士が何人かいるらしいと知ると、

「せっかく来たのだ。母屋から、誰か出て来るのを待つか」

唐十郎は、松永や伊沢が母屋にいるのではないかと思った。ひとりでも討ち取れれば、しばらく青山道場に手を出すようなことはない、とみたのだ。

「そうするか」

源之助が言い、唐十郎たち四人は、道場から一町ほど離れたところで枝葉を茂らせていた欅の樹陰に身を隠した。

それから半刻（一時間）ほどすると、門弟らしき若侍がふたり姿を見せ、普請をしている道場の脇を通って裏手の母屋に入った。

さらに半刻ほどすると、母屋の戸口から人影があらわれた。

「おい、ふたり出てきたぞ」

唐十郎が言った。

さきほど、裏手の母屋に入ったふたりの武士が、普請中の道場の脇に姿を見せた。ふたりは何やら話しながら道場の脇の通りに出ると、唐十郎たちが身を潜めている方へ近付いてきた。

2

「おれが、ふたりに訊いてみる」

唐十郎が小声で言った。ふたりの武士は、唐十郎たちが身を潜めている欅の前を通り過ぎていく。

唐十郎はふたりの武士が離れると、樹陰から通りに出た。そして、足早にふたりの後を追った。

唐十郎は背後からふたりに近付き、「しばし、しばし」と声をかけ、さらに足を速めた。

ふたりの武士は、足をとめて振り返った。

「それがしたちでござるか」

と、年上と思われる大柄な武士が訊いた。

「いかにも、ちと、訊きたいことがござる」

唐十郎はふたりの武士に身を寄せた。

「何でござる」

大柄な武士が訊いた。

「足をとめさせては、申し訳ない。歩きながらで結構でござる」

そう言って、唐十郎は歩き出しながら、

「いま、おふたりが普請中の道場の脇から出てきたのをお見受けしたのだが、ご門弟でござるか」

と、ふたりの武士に目をやって訊いた。

「いかにも、門弟でござる」

大柄な武士が言った。

「道場を改築して、また稽古を始めるのでござるな」

「いかにも」

「結構でござる。……ところで、道場主はどなたかな」

唐十郎は知っていたが、話を引き出すために訊いたのだ。

「杉浦唐三郎師匠でござる」

「杉浦どのか。それがしも、杉浦どのの武名は聞いております」

唐十郎はそう言った後、

「いま、杉浦どのは裏手の母屋におられるのか」

と、小声で訊いた。

「おります」

「杉浦道場には、腕の立つ方が逗留していると聞いたが……。確か、松永どのと聞いたような気がする」

唐十郎は、松永の名を出して訊いた。

「松永さまも、母屋におられましたよ」

すぐに、大柄な武士が言った。

「おられたか。……師範代も、御一緒かな」

「一緒でした」

「すると、道場主と師範代、それに松永どのの三人がおられたのか」

「それに、松島どのも一緒でした」

「松島どのも、ご門弟かな」

「そうです」

大柄な武士は、すこし足を速めた。唐十郎が、道場のことを根掘り葉掘り訊くので、不審に思ったようだ。

「実は、それがしの弟を杉浦道場に通わせようかと思ってな。いろいろと訊いてみたわけだ」

そう言って、唐十郎は路傍に足をとめた。

唐十郎はふたりの男が遠ざかると、踵(きびす)を返し、源之助たちのいる場にもどった。そして、ふたりの男から聞いたことを一通り話してから、

「裏手の家に、杉浦の他に松永と師範代の伊沢、それに松島という門弟もいるようだ」

と、言い添えた。

「裏手の家に踏み込んで、杉浦たちを討つか」

源之助が訊いた。

「相手は、それがしたちと同じ四人ですか」

木島が、顔を厳しくして言った。

「四人のなかに腕の立つ者が少なくとも三人いるとなると、踏み込んで討つわけには

いかないな。下手に仕掛けると、返り討ちに遭う」

　唐十郎が言った。

「しばらく見張って様子を見るか」

　源之助が、裏手の家に目をやりながら言った。

「そうだな」

　唐十郎も、裏手の家から出てくるのを待つしかないと思った。

　唐十郎たち四人は、また路傍の欅の陰にまわって身を隠した。

　それから一刻（二時間）近くも見張ったが、門弟らしい若侍がふたり、道場の裏手の母屋に入っただけで、姿を見せる者はいなかった。

「今日のところは、諦めるか」

　唐十郎が言うと、その場にいた源之助たち三人が、渋い顔をしてうなずいた。

　唐十郎たち四人は、欅の樹陰から通りに出ると、来た道を引き返し始めた。

　唐十郎たちが、通りを歩き始めてすぐだった。

　道場の裏手の母屋から、ひとりの武士が姿を見せた。門弟の松島である。松島は二十代半ばだった。杉浦道場では、古手の門弟である。唐十郎たちは知らなかったが、伊沢がいないときは、師範代の代わりをすることもあった。

「あやつら、青山道場の者たちではないか」

松島はつぶやき、唐十郎たちの跡をつけ始めた。

唐十郎たちは、つけてくる松島に気付かなかった。もっとも、振り返って松島の姿を目にしても、不審を抱かなかっただろう。松島は、これまで源之助や唐十郎たちと立ち合ったことはなかったし、青山道場を見張った門弟たちのなかにいなかったのだ。

松島は、唐十郎たちが柳原通りに出て、東にむけて歩きだしても尾行をやめなかった。そして、唐十郎たちが豊島町にある青山道場に入るのを目にすると、路傍に足をとめた。

「やはり、青山道場の者たちだ」

松島はつぶやき、踵を返すと、来た道を足早に引き返し始めた。

3

翌日、陽が高くなってから、唐十郎と弥次郎は狩谷道場を出た。そして、豊島町に足をむけた。青山道場にいる源之助たちと会って今後どうするか相談するためであろう。

る。唐十郎は、杉浦道場をこのままにしておく気はなかった。弥次郎も、同じ思いだろう。

青山道場の近くまで来たが、道場はひっそりとしていた。稽古を終えて、門弟たちは帰った後のようだ。

道場の戸口まで来ると、何人かの男の話し声が聞こえた。道場内に源之助と木島がいるらしい。

唐十郎と弥次郎が道場の土間に立って声をかけると、すぐに話し声がやんだ。そして、床を踏む音につづいて、板戸があいた。姿を見せたのは、木島である。

「狩谷どの、本間どの、入ってくだされ」

木島はそう言って、唐十郎と弥次郎を板間に上げた。そして、道場内に案内した。

道場の師範座所の前の床に、三人の男が座していた。源之助と門弟らしいふたりの若侍である。

道場に入ってきた唐十郎たちの姿を目にすると、

「それがしたちは、これで」

そう言って、年長と思われる門弟が腰を上げた。すると、もうひとりの若侍も源之助に頭を下げてから、立ち上がった。

「また、明日な」

源之助が、ふたりに声をかけた。

「はい、それがしたちも、何かできることがあったらやります」

年長の門弟が源之助に言い、唐十郎と弥次郎に頭を下げてから道場を出ていった。

ふたりが出ていくと、源之助は唐十郎たちが床に腰を下ろすのを待ってから、

「あのふたり、道場に来る前に見知らぬ武士に声をかけられ、おれたちのことを訊かれたらしい。それで、稽古を終えた後、おれにそのときのことを知らせてくれたのだ」

と話した。

「その男、杉浦道場の者ではないか」

唐十郎は、杉浦道場にかかわりのある者が、青山道場のことを探っていたのではないかとみた。

「狩谷どののたちのことも、探っていたようだぞ。いまのふたりに、道場の門弟でない者が出入りしてないか訊いたそうだ」

源之助が言った。

「まちがいない。杉浦道場の者たちが、探っていたのだ」

唐十郎は確信した。

「他に気になることもある。門弟のふたりに話を聞いた武士の他に、近くに四、五人の武士がいたらしいのだ」

「なに、他に四、五人もいたのか！」

唐十郎の声が、大きくなった。

「そうらしい」

「おい、そやつら、道場のことを探りにきたのではないぞ」

唐十郎が言うと、脇に座していた弥次郎が、

「そやつら、おれたちがこの道場に入ったのを目にしたな」

と、昂った声で言った。

「きゃつら、ここを襲う気だぞ。おそらく、その武士たちのなかに、松永や伊沢もいる」

唐十郎が、傍（かたわ）らに置いた刀を引き寄せた。

「おれが、様子を見てくる」

源之助が立ち上がった。

すぐに、源之助は道場の戸口に行き、板戸をすこし開けて外に目をやっていたが、慌（あわ）てた様子で唐十郎たちのいる場にもどってきた。

「来るぞ！　武士が六人。そのなかに、松永と伊沢もいる」

源之助が昂った声で言った。

「裏手から逃げますか」

弥次郎が言った。

「駄目だ。裏手の家には、源之助どのの家族がいるではないか」

唐十郎は、裏手の家に源之助の母親のおまつが住んでいることを知っていた。裏手で戦えば、おまつまで犠牲になる。

「ここで、迎え撃つしかない」

唐十郎は傍らに置いてあった刀を手にして立ち上がった。そして、刀を腰に差した。刀を差していなければ、居合は遣えないのだ。弥次郎も、すぐに刀を腰に差した。

唐十郎、弥次郎、源之助の三人は、戸口から外に出た。

「来るぞ！」

唐十郎が声を上げた。

通りの先に目をやると、六人の武士が小走りに近付いてくる。そのなかに、松永と伊沢の姿もあった。

「いたぞ！」

「道場の前だ！」

六人の武士のなかから声が上がった。

唐十郎たち三人は、道場の板戸を背にして立っていた。敵が背後にまわるのを防ぐためである。

唐十郎の前に立ったのは、松永だった。小袖(こそで)に袴(はかま)姿で、股立(ももだ)ちをとっている。

弥次郎の前には伊沢が立ち、源之助には、二十代半ばと思われる武士が対峙(たいじ)した。おそらく、杉浦道場の古株の門弟であろう。

「松永、うぬらが、青山どののたちを襲ったのだな」

唐十郎が、念を押すように訊いた。

「どうかな」

松永は薄笑いを浮かべて言った。

「源之助どのに助太刀(すけだち)し、青山どのの敵(かたき)をとってやる」

唐十郎が声高(こわだか)に言った。

「いくぞ」

松永は青眼(せいがん)に構え、切っ先を唐十郎の目にむけた。

唐十郎は、居合の抜刀体勢をとった。

……やはり、松永は遣い手だ！

と、唐十郎は、胸の内で声を上げた。

松永の青眼の構えには、隙がなかった。唐十郎の目にむけられた剣尖に、そのまま眼前に迫ってくるような威圧感がある。

「おぬし、やるな」

松永が、唐十郎の抜刀体勢を見て言った。唐十郎の居合の抜刀の構えには隙がなく、そのまま斬り込んでくるような迫力があったからだ。

4

一方、弥次郎は伊沢と対峙していた。

ふたりの間合は、およそ二間――。真剣勝負の立ち合いの間合としては、近い。弥次郎が道場の板戸を背にして立っているため、間合が広くとれないのだ。

弥次郎は、居合の抜刀体勢をとっていた。対する伊沢は、青眼だった。腰の据わった隙のない構えである。伊沢は遣い手らしい。道場の師範代だけある。

ふたりは対峙したまま、相手を気魄（きはく）で攻めていたが、

「いくぞ！」

と、伊沢が声をかけて先（せん）をとった。

伊沢は青眼に構えたまま、足裏を擂（す）るようにしてジリジリと弥次郎との間合を狭（せば）めてきた。

対する弥次郎は、動かなかった。気を鎮（しず）め、伊沢との間合を読み、抜刀の機をとらえようとしている。

……抜刀の間合まで、あと半間。

弥次郎が胸の内で読んだとき、ふいに伊沢の全身に斬撃の気がはしった。

イヤアッ！

裂帛（れっぱく）の気合と同時に、伊沢が一歩踏み込みざま、刀身を袈裟（けさ）に払った。

咄嗟（とっさ）に、弥次郎は一歩身を退（ひ）いた。

伊沢の切っ先は、弥次郎の胸元をかすめて空（くう）を切った。

タアッ！

弥次郎が、鋭（するど）い気合とともに抜きつけた。

袈裟へ——。

稲妻のような閃光がはしった。刹那、伊沢は上体を後ろに倒すようにして、弥次郎の切っ先から逃れようとした。

弥次郎の切っ先が、伊沢の小袖を胸から脇腹にかけて切り裂いた。だが、伊沢が咄嗟に上体を後ろに倒したため、切っ先は肌までとどかなかった。

伊沢はさらに後ろに身を退き、弥次郎との間合を大きくとった。そして、改めて青眼に構えると、切っ先を弥次郎にむけた。

ふたりの間合は、ふたたび二間ほどになった。

弥次郎は抜刀したため居合は遣えず、身を退いて脇構えにとった。脇構えから居合の呼吸で斜に斬り上げるのである。

「それでは、居合は遣えぬぞ」

伊沢が、揶揄するように言った。

「かかってこい！　次は、貴様の首を落とす」

弥次郎はそう言って、伊沢を睨んだ。双眸が、燃えるようにひかっている。

このとき、弥次郎の脇にいた源之助は、二十代半ばと思われる武士と対峙していた。ふたりは、青眼に構え合っている。

ふたりとも、腰の据わった隙のない構えだった。

「おぬしの名は」

源之助が、武士に訊いた。

「名無し」

武士が嘯くように言った。

「悪事に関わり、名乗ることもできないのか」

源之助が、武士を見据えて言った。

「問答無用！」

武士は声を上げ、青眼から八相に構えなおした。

ふたりの間合は、二間ほどしかなかった。武士は八相に構えると、すぐに仕掛けてきた。足裏を摺るようにして、ジリジリと間合を狭めてくる。

……斬撃の間境まで、あと一歩！

源之助が胸の内で読んだ。

そのとき、武士の全身に斬撃の気がはしった。

トオッ！

武士は、鋭い気合とともに斬り込んできた。

八相から踏み込みざま袈裟へ。

咄嗟に、源之助も袈裟に斬り込んだ。

袈裟と袈裟——。

ふたりの刀身が、眼前で合致した。

青火が散り、金属音がひびいた次の瞬間、ふたりは後ろに跳びざま二の太刀を放った。武士は一歩身を退きながら、刀身を袈裟に払い、源之助は相手の右腕を狙い、突き込むように斬り込んだ。

武士の切っ先は、源之助の肩先をかすめて空を切り、源之助の切っ先は、武士の前腕を切り裂いた。

ふたりは、ふたたび間合を広くとって対峙した。

このとき、刀身の弾き合う甲高い音がひびき、つづいて、「退け！　この場は退け！」という松永の声が聞こえた。

松永の右袖が裂け、右の前腕に血の色があった。唐十郎の切っ先を浴びたようだが、浅く皮肉を斬られただけらしい。

松永の声で、弥次郎と対峙していた伊沢が身を退き、弥次郎との間合があくと反転して走りだした。逃げたのである。

「待て！」

弥次郎は伊沢の後を追ったが、すぐに足をとめた。伊沢の逃げ足が速く、追いつけそうもなかったのだ。

松永につづいて伊沢が逃げ、その場にいた三人の武士が、後を追って逃げ出した。唐十郎たちは、逃げる松永たちを追わなかった。逃げ足が速いこともあったが、下手に追うと、返り討ちに遭う恐れがあったからだ。

後に残ったのは、源之助と対峙していた武士ひとりだった。武士は逃げようとしたのだが、源之助に切っ先を突き付けられ、「逃げれば、斬る！」と言われ、その場に立ち竦(すく)んでいた。

「この男から、話を聞いてみよう」

源之助が言い、武士を道場内に連れていった。

5

源之助は、武士を道場内の床に座らせて前に立った。唐十郎たちは武士からすこし離れ、取り囲むように立っている。

「おぬしの名は」

源之助が、武士に訊いた。

武士は戸惑うような顔をしたが、

「利根政之助……」

と、小声で名乗った。

「杉浦道場の者だな」

「そうだ」

「おぬし、だれの指図で、松永たちと一緒にこの道場を襲ったのだ」

源之助の語気が、強くなった。

「師範代の伊沢どのだ。……青山道場の門弟たちは、己の道場に門弟を引き入れるために、杉浦道場に嫌がらせをしたり、理由もなく門弟たちを襲ったりしている、そんな青山道場の門弟たちに思い知らせてやれ、と伊沢どのに言われ、ここに来たのだ」

利根の顔に憎悪の色が浮いたが、すぐに消えた。そして、戸惑いと後悔の表情にかわった。師範代の伊沢が言っていたのと、様子が違うことを感じとったのかもしれない。

そのとき、黙って聞いていた唐十郎が、

「利根、知っているか。ここの道場主だった青山庄兵衛どのと師範代の矢島新次郎どのは、柳原通りで闇討ちに遭った。闇討ちの主は、松永と伊沢だ」

と、語気を強くして言った。

「……！」

利根の顔に驚きと戸惑いの色が浮いた。

「なぜ、松永と伊沢が、青山どのと矢島どのを襲って殺したか分かるか」

「……」

利根は身を顫わせながら、首を横に振った。

「青山道場と杉浦道場は、それほど遠くないところにある町道場だ。それに、付近に広い武家地もない。門弟を集めるのがむずかしい地に道場を構えている。道場主と師範代がいなくなれば、道場は潰れる、そう思って、杉浦唐三郎は、食客の松永に、青山どのと矢島どのを殺させたのだ。……まだ、松永と伊沢は白状していないが、間違いないはずだ」

唐十郎が言った。推測の面が強かったが、間違いないと思っていた。そばにいた源之助も、顔を厳しくしてうなずいた。

「ま、まさか、そのような……」

利根が、声を震わせて言った。

「ところが、青山どのと矢島どのが殺されても、青山道場は潰れなかった。ここにいる源之助どのが江戸にもどってきて、道場を継いだからだ」

そう言って、唐十郎が源之助に目をやると、源之助は無言のままちいさくうなずいた。

唐十郎はいっとき間を置いた後、

「しかも杉浦は、今になっても、この道場を潰そうとしている。それで、こうやっておぬしたち門弟を誑（たぶら）かして、青山道場を襲ったりするのだ」

と、語気を強くして言った。

次に口をひらく者がなく、道場内が静まったとき、

「源之助どの、何かあったら訊いてくれ」

そう言って、唐十郎が身を退いた。

源之助は利根の前に立ち、

「いま、杉浦は、道場を新しく建てようとしているな」

と、穏（おだ）やかな声で訊いた。

「……………」

利根は無言でうなずいた。

「道場を建てる金は、どこから出ているのだ」

源之助が、利根を見据えて訊いた。

利根は戸惑うような顔をして、

「知らない」

と、小声で言った。

「噂ぐらい聞いているだろう」

「門弟のなかに、大身の旗本の子弟が何人かいて、援助していると聞いているが
……」

利根は語尾を濁した。はっきりしないのだろう。

「道場が新しくなったのを理由に、門弟たちから、あらためて束脩を出させるのではないか」

源之助が訊いた。

「そうかもしれない」

「いずれにしろ、道場が新しくなるのに合わせて、杉浦は門弟を多く集めようとしているのだな」

「……」

利根が無言でうなずいた。

「門弟を集めるためにも、近くにある青山道場は邪魔なのだ。それで、こうやって潰しにかかっているのだ」

源之助が、語気を強くして言った。

次に口をひらく者がなく、道場内が重苦しい沈黙につつまれたとき、

「お、おれは、どうなるのだ」

と、利根がその場にいた源之助たちに目をやって訊いた。

「利根、しばらく身を隠すところはあるか」

唐十郎が、声をあらためて訊いた。

利根は何も答えず、戸惑うような顔をして唐十郎を見た。

「このまま杉浦道場にもどれば、どうなると思う。おぬしが何と言おうと、おれたちに杉浦たちのことを話して、放免されたと見るだろうな」

唐十郎が言った。

「……」

利根は、不安そうな顔をして唐十郎を見つめている。

「利根、ただでは済まぬぞ。……殺されはしまいが、稽古に託けて、腕の一本ぐらい折られるかもしれん」

「そ、そうかもしれない」

利根が声を震わせて言った。

「しばらく道場には行かず、様子を見るのだな」

唐十郎が言うと、利根はいっとき口をつぐんでいたが、

「そうします」

と言って、肩を落とした。

6

利根を帰した後も、唐十郎、弥次郎、源之助の三人は、道場内にとどまっていた。

「今後も、杉浦道場の者は、この道場を襲うとみるか」

源之助が、唐十郎と弥次郎に目をやって訊いた。

「この道場を襲うかどうか分からんが、おぬしや門弟、それにおれたちにも仕掛けてくるはずだ。杉浦たちは新しく道場を建てるにあたって、何としても門弟を集めたい

だろうし、道場の名も上げておきたいからな」

唐十郎が、源之助と弥次郎に目をやって言った。

「おれたちも、何か手を打たねばなりませんね」

弥次郎が言った。

次に口をひらく者がなく、道場内が重苦しい沈黙につつまれたとき、

「おれも、何とかして、松永と伊沢を討ちたい」

源之助が、いつになく顔を厳しくして言った。

唐十郎と弥次郎は、あらためて源之助に目をやった。

「道場間に確執(かくしつ)があったとしても、父の庄兵衛と師範代だった矢島どのが、松永たちに斬られたのだ。このままにしておくことはできん」

源之助が真剣な顔をして言った。

「……」

唐十郎は、黙したまま源之助に目をやっている。

「何としても、父と矢島どのの敵を討ちたいのだ！」

源之助が、語気を強くして言った。

「おぬしの胸の内は、分かった。松永と伊沢はおぬしに任せよう。……ただ、おれた

ちにも助太刀させてくれ」

唐十郎が、弥次郎に目をやって言うと、

「おれも、手を貸します」

弥次郎が言い添えた。

「そのときは、ふたりに頼む」

そう言って、源之助は唐十郎と弥次郎に頭を下げた。

その後、唐十郎たち三人は、明日からどう動くか相談した。

とりあえず、普請中の杉浦道場の近辺を探り、門弟から杉浦、松永、伊沢の三人の居所を聞き出すことにした。

その日、唐十郎と弥次郎は青山道場を出ると、狩谷道場にもどった。めずらしく道場内に桑兵衛がいたので、これまでの経緯(いきさつ)を話してから、

「何としても、松永と伊沢を討ちとりたいのです」

と、唐十郎が言った。

唐十郎の胸の内には、源之助に助太刀をして、ふたりを討ちたいという強い思いがあったのだ。

「居合で剣の遣い手を討つのは、容易ではないぞ」

めずらしく、桑兵衛が顔をけわしくして言った。

「承知しています」

唐十郎が言うと、脇にいた弥次郎もうなずいた。

「どうだ、松永と伊沢を討つ稽古をするか」

桑兵衛が、唐十郎と弥次郎に目をやって訊いた。

「はい！」

唐十郎が応えると、

「お願いします」

つづいて、弥次郎が言った。

「まず、間合だ」

桑兵衛はそう言い、

「いいか、居合は敵に近付かないと斬れない」

と、付け加えた。

「はい」

唐十郎も、そのことは分かっていた。

「刀を手にしている敵に正面から向かうと、敵は大きく踏み込んで斬ることができる。敵は、居合より速く、遠くから仕掛けられるのだ。そのため、正面からだと、どうしても後手になる」

「承知しています」

　唐十郎が言うと、弥次郎もうなずいた。

「では、どうすればいい。……脇から踏み込んで、体を反転させながら斬るか。敵が刀を抜く前に、仕掛けるか。そうでなければ、初太刀で敵が斬り込んできた刀を受け、二の太刀で斬るかだ」

「分かりました」

　唐十郎が言った。

　小宮山流居合には、様々な技があった。居合の初太刀で敵の斬撃を受け、二の太刀で敵を斬る技もある。

「それからな、できるだけ、ふたり以上の敵と戦うな。居合は、どうしても背後や脇からくる敵に弱い」

　桑兵衛はそう言うと、「あとは、ふたりに任せる」と言い残し、道場から出ていった。裏手の母屋に帰ったらしい。

道場に残った唐十郎と弥次郎は、交替でどちらかが松永か伊沢になり、居合で敵を討つ稽古をつづけた。

ふたりが居合の稽古をするのは、久し振りだった。ちかごろ、青山道場へ出掛けることが多く、狩谷道場で居合の稽古をする機会がなかったのだ。

唐十郎と弥次郎は、脳裏に松永や伊沢を浮かべ、居合で斬る稽古を一刻(二時間)近くもつづけた。

全身に汗をかき、動きが鈍くなってきたところで、

「弥次郎、稽古はこれまでだな」

と、唐十郎が声をかけ、稽古をやめた。

7

唐十郎と弥次郎は、久し振りに狩谷道場で居合の稽古をして汗を流した翌日、朝のうちに青山道場にむかった。

道場内には源之助、それに門弟の木島や島田の姿があった。稽古までにはまだ間があるらしく、源之助たちは稽古着姿ではなかった。

源之助は唐十郎と弥次郎の姿を目にすると、

「ここに、腰を下ろしてくれ」

と、膝先に手をむけた。

道場の床に腰を下ろすと、

「これから稽古か」

と、唐十郎が訊いた。

「いや、道場の稽古は木島と島田にまかせるつもりだ。松永たちが仕掛けてくるのを待つのではなく、こちらから仕掛けようと思ってな」

源之助が言うと、木島と島田がうなずいた。

「それで、おれたちは、どう動く」

唐十郎が訊いた。

「まず、普請中の杉浦道場を見てな。道場や母屋に、杉浦や松永たちがいるかどうか探ってみるつもりだ」

源之助が言った。

「それがいい」

すでに唐十郎たちは、杉浦道場や裏手にある母屋を探り、道場主の杉浦、それに松永と伊沢、さらに門弟がいることを摑んでいたが、そのときは、襲うのを諦めた。四人もいると、返り討ちに遭う恐れがあったからだ。

「それで、杉浦たちがいたらどうする」

唐十郎が声をあらためて訊いた。

「様子を見て、討てるようだったら、討つ」

源之助が語気を強くして言った。

「承知した」

唐十郎が言うと、脇に座していた弥次郎がうなずいた。

それから小半刻（三十分）ほど話し、唐十郎、弥次郎、源之助の三人は、道場を出た。むかった先は、小柳町にある杉浦道場である。

唐十郎たちは柳原通りに出て、西に足をむけた。そして、和泉橋の袂を過ぎてから左手の通りに入り、小柳町に出た。その辺りは、小柳町一丁目である。唐十郎たちは、さらに歩いた。杉浦道場は、小柳町二丁目にあったのだ。

二丁目に入って間もなく、通り沿いにある杉浦道場が見えてきた。

「まだ、普請中だ」

唐十郎が指差して言った。

改築中の道場のまわりには、足場が組んであった。足場に上がっている大工らしい男が、三人いた。足場の下にも、ふたりいる。

「道場主の杉浦や松永たちがいるかどうか、訊いてくる」

そう言って、唐十郎が道場にむかった。

唐十郎は、足場の下にいた棟梁らしい年配の大工に近付き、

「だいぶできてきたようだが、普請が終わるのは、いつごろだ」

と、世間話でもするような口調で訊いた。

「一月もすれば、終わりやす」

大工が答えた。

「一月か、待ち遠しいな」

唐十郎はそう言った後、

「ところで、道場主の杉浦どのは、母屋におられるのか」

と、さも親しい間柄であるかのような口振りで訊いた。

「おられやす」

さらに、大工が続けた。

「六、七人の御門弟が、母屋に入るのを見やした。その中に、松永さまと伊沢さま

が、おられやした」

「よく名を知ってるな」

「だいぶ長くここに来てやすからね。出入りする御武家さまの名も覚えまさァ」

大工はそう言って、仕事にもどりたいような素振りを見せた。

「邪魔したな」

唐十郎はその場から離れ、来た道を引き返した。

唐十郎は源之助たちのいる場にもどると、大工から聞いたことを話し、

「どうする」

と、その場にいた弥次郎と源之助に目をやって訊いた。

「杉浦の他に、松永と伊沢がいるのか」

源之助が厳しい顔をした。

「それだけではない。他に門弟が四、五人いる。相手は、道場主の杉浦も加えると七、八人になる。討ち取るのはむずかしいな」

唐十郎は、下手に仕掛けると返り討ちに遭うとみた。

「青山道場にもどりますか」

弥次郎が訊いた。

「せっかく来たのだ。もうすこし、様子を見よう。母屋から、ひとりかふたり出てくるかもしれん」

唐十郎は、松永にしろ、伊沢にしろ、かならず裏手の母屋から通りに出てくるだろうと踏んだ。

「そうしよう」

源之助がうなずいた。

唐十郎たち三人は道場からすこし離れ、道沿いにあった民家の脇に身を隠した。その場から、松永たちが出てくるのを待つのである。

三人がその場に身を隠して、半刻（一時間）ほど経ったろうか。道場の裏手から、人影があらわれた。三人――。

「伊沢がいる！」

源之助が、昂った声で言った。

裏手の母屋から出てきた三人は、伊沢と門弟らしいふたりの若侍だった。三人は普請中の道場の脇から、表の通りに出てきた。

8

「こっちに来るぞ!」

源之助が、伊沢たち三人を見据えて言った。

伊沢とふたりの門弟は何やら話しながら、道場の前の通りを歩いてくる。

「門弟は、峰打ちにするぞ」

唐十郎が言った。何も知らない若い門弟を斬殺する気にはなれなかったのだ。

源之助と弥次郎は、無言でうなずいた。

伊沢たち三人は身を潜めている唐十郎たちには気付かず、何やら話しながら近付いてくる。

唐十郎は、伊沢たちが十間ほどに近付いたとき、樹陰から飛び出した。源之助と弥次郎がつづいた。

伊沢とふたりの門弟は、いきなり飛び出してきた唐十郎たちを目にし、ギョッとしたような顔をして、その場に立ち竦(すく)んだ。一瞬、誰が飛び出したのか分からなかったようだ。唐十郎は道の端(はし)を走って、伊沢たち三人の背後にまわった。一方、源之助と弥次郎は、伊沢たちの前に立ち塞がった。

「青山道場のやつらだ！」

伊沢が叫んだ。

そばにいたふたりの門弟は、何が起こったのか分からず、目を剝いて、その場に棒立ちになった。

源之助が、伊沢の前に立った。弥次郎は源之助からすこし離れ、ふたりの門弟に目をやっている。

一方、唐十郎は伊沢の背後にまわり、居合の抜刀体勢をとった。逃げ道を塞いだのである。

「うぬは、青山道場の者だな」

伊沢が、源之助を見据えて言った。

「いかにも、うぬと松永に闇討ちにされた青山庄兵衛の一子、源之助だ」

源之助が名乗った。さすがに、声が昂っている。

「おれは、青山庄兵衛などという男は知らぬ」

伊沢が顔をしかめて言った。

「白を切っても無駄だ。ここで、父の敵を討つ！」

源之助は、刀を抜いた。

伊沢は戸惑うような顔をして、周囲に目をやった。逃げ場を探したらしい。だが、逃げ場はなかった。前に源之助、背後に唐十郎。道の両側にも、逃げ込む場はない。

「おのれ！」

叫びざま、伊沢は刀を抜いた。そして、青眼に構えると、前に立った源之助に切っ先をむけた。

源之助も青眼に構えると、切っ先を伊沢にむけた。

ふたりの間合は、およそ二間——。真剣勝負の立ち合いの間合としては近いが、その場は狭く間合を広くとれないのだ。それに、ふたりの近くには弥次郎と、伊沢に同行したふたりの門弟もいる。

このとき、唐十郎は伊沢の背後にいたが、伊沢のそばに立っているふたりの門人を見て、このふたり、源之助どのの邪魔だ、と踏んだ。このままだと、源之助が思うように踏み込めない。

唐十郎は、伊沢のそばにいるふたりにむかって、

「おぬしら、斬るつもりはない。巻き添えを食って斬られたくなかったら、伊沢から離れろ」

そう言い、自らが大きく身を退いた。

ふたりの武士は戸惑うような顔をしたが、伊沢のそばから少し離れた。そして、道の脇に身を寄せ、道場の方にむかって足早に歩きだした。戦いの場から、逃げたのである。

この様子を目の端でとらえた伊沢の顔に、動揺の色が浮いた。味方のふたりが、この場から逃げると、対峙している源之助に、仲間の唐十郎たちが加わるとみたのかもしれない。

伊沢は青眼に構えたまま、いきなり一歩踏み込んだ。源之助を斬り、この場から逃げようとしたらしい。

イヤアッ！

伊沢が、裂帛の気合を発して斬り込んだ。

青眼から真っ向（まっこう）へ――。

咄嗟に、源之助は体を右手に寄せざま、手にした刀を横に払った。一瞬の反応である。

伊沢の切っ先は、源之助の肩先をかすめて空を切り、源之助の切っ先は、伊沢の脇腹を横に切り裂いた。

だが、浅手だった。伊沢の小袖の脇腹辺りが裂け、血がわずかに滲み出ただけである。伊沢は源之助から離れると、八相に構えた。そして、いきなり源之助にむかって踏み込んできた。

咄嗟に、源之助は伊沢の斬撃から逃れようとして、道の端に身を寄せた。

そのときだった。前が空いた伊沢は、刀を手にしたまま突進した。そして、道の端にいた唐十郎のそばを走り抜けた。

この思いもしない伊沢の動きに、虚を突かれた唐十郎の反応が一瞬遅れ、斬りつける間がなかった。

唐十郎は伊沢が脇を走り抜けてから、

「待て！」

と、声を上げて、後を追った。

伊沢は前を行くふたりの門弟の間を擦り抜け、道場の方に走った。ふたりは、戸惑うような顔をしてその場につっ立っている。

そこへ、唐十郎たちが走り寄った。

「どけ！」

唐十郎がふたりの門弟に声をかけ、ふたりの脇を走り抜けた。

源之助と弥次郎が、唐十郎の後を追う。だが、伊沢の逃げ足が速く、唐十郎たちは伊沢に追いつけなかった。

伊沢は道場の手前まで来ると、脇を通って裏手の離れにむかった。通りにいた唐十郎たちからは見えなくなったが、離れに飛び込んだようだ。

唐十郎たちは、道場の近くまで来て足をとめた。

「離れに踏み込むか」

源之助が訊いた。

「下手に踏み込むと、返り討ちに遭うぞ。……離れには、いま逃げ込んだ伊沢の他に、松永と道場主の杉浦、それに門弟たちが、まだ二、三人残っているはずだ」

「そうか」

唐十郎は、この場にいる三人では返り討ちに遭う、とみた。

源之助は無念そうな顔をして肩を落とした。離れに踏み込むのは、無理だと思ったらしい。

「なに、これで、杉浦や松永たちの居所が、はっきりと分かったのだ。杉浦や松永たちの動きをみて、仕掛けることができる」

唐十郎が言った。

「焦(あせ)ることはないな」

源之助が、納得したような顔をしてうなずいた。

第五章　敵のなか

1

青山道場に、四人の男が集まっていた。唐十郎と弥次郎、それに道場主の源之助と高弟で師範代格の木島である。

唐十郎と弥次郎が、青山道場の稽古が終わったころを見計らって、今後どうするか、相談するために姿を見せたのだ。

唐十郎たちは杉浦道場を見張り、姿を見せた伊沢を討ち取ろうとして仕掛けたが、逃げられてしまった。その日から、三日経っている。

「杉浦道場の普請が終わり、門弟たちが稽古を始める前に始末をつけたい」

源之助が言った。

「そうだな。稽古が始まると門弟が多く集まるので厄介だ」

唐十郎も、杉浦道場の普請が済むまでに、何とか始末をつけたいと思った。

次に口をひらく者がなく、道場内が重苦しい沈黙に包まれたとき、

「何としても、松永と伊沢、それに道場主の杉浦を討たねば、青山どのと矢島どのは成仏できまい」

と、唐十郎がその場にいた男たちに目をやって言った。

「そうだ」

源之助が、顔を厳しくした。

「やはり、杉浦道場の裏手の母屋（おもや）を見張って、杉浦たちが姿を見せたら討つしか手はないな」

唐十郎が言うと、その場にいた源之助たちがうなずいた。

「これから、小柳町に行きますか」

黙って聞いていた木島が、身を乗り出して言った。

「そうだな。……道場の裏手の母屋には杉浦だけでなく、松永や伊沢たちも来ているはずだ」

唐十郎は、母屋に踏み込んで何人もの遣（つか）い手を相手に戦うことになると、味方からも犠牲者（ぎせいしゃ）が出るが、母屋を出入りするおりに仕掛ければ、ひとりひとり別に討つことができるとみていた。

「いずれにしろ、道場と母屋を探ってからだ」

そう言って、源之助が腰を上げた。

唐十郎たちは青山道場を出て柳原通りに入ると、西に足をむけた。そして、和泉橋を過ぎて左手の通りに入り、杉浦道場が前方に見えてきたところで足をとめた。唐十郎たちが、何度か行き来した道筋である。

杉浦道場は普請中で、道場のまわりには足場が組んであり、何人かの大工の姿も見えた。

「話の聞けそうな門弟が、通りかかるのを待つか」

源之助が言った。

「それも手だが、いつ通りかかるか分からないからな」

唐十郎が小首を傾(かし)げると、

「それがしが、門弟の振りをして母屋の様子を見てきます」

木島が言った。

「木島に頼む。まだ木島は、杉浦たちに顔を知られていないからな」

源之助はそう言って木島に目をやり、

「無理して母屋に近付くな。腕の立つ者が、何人かいるぞ」

と言い添えた。

「用心します」

木島はひとり、道場に足をむけた。

一方、その場に残った唐十郎たちは、近くの樹陰に身を隠した。通りかかった門弟が唐十郎たちを目にすると、厄介なことになるからだ。

ひとりになった木島は、道場の脇まで来ると、普請をしている大工に近付き、

「この道場に伜を通わせようと思うのだが、普請が終わるのは、いつごろかな」

と、世間話でもするような口調で訊いた。

「あと一月もすれば、普請は終わりやす」

浅黒い顔をした大工が言った。

「そうか。……ところで、道場主の杉浦どのは、裏手におられるかな」

木島が訊いた。

「家にいるようで」

「杉浦どのに挨拶をしてこよう」

そう言って、木島はその場を離れた。

ひとりになった木島は、道場の脇を通って母屋に近付いた。

母屋の前には、庭があった。庭といっても狭く、梅とつつじが植えてあるだけで、雑草に覆われていた。おそらく、道場の普請を始めてから、庭は放置されたままなの

せた。

だろう。木島は母屋の入口近くのつつじの灌木の陰に身を隠した。そして、耳を澄ませた。

家のなかから、男の話し声が聞こえた。道場の普請のことを話しているようだった。三人いることは知れたが、声を聞いてもだれが喋っているのか、分からなかった。それでもいっときすると、話しているのは道場主の杉浦、師範代の伊沢、それに峰田という名の門弟であることが知れた。話のなかで、三人が時々相手の名を口にしたので、分かったのだ。

話の内容は、道場の普請と門弟についてだった。杉浦は、新たな入門者が来ると話していた。

木島はつつじの灌木の陰から出ると、足音を忍ばせて来た道を引き返した。そして、唐十郎たちのいる場にもどると、母屋から聞こえてきた話をかいつまんで話した。

「母屋にいたのは、杉浦と伊沢、それに峰田という名の門弟か」

唐十郎が、念を押すように訊いた。

「そうです」

「松永は、いなかったのだな」

「三人で話している部屋には、いないようでした」

「三人だけか」

唐十郎はそう言った後、その場にいた源之助と弥次郎に目をやり、

「松永はいないらしい。……三人だけなら、この場にいる四人で討ち取れるのではないか」

と、低い声で言った。双眸が、鋭いひかりを宿している。

「やるか」

源之助が言った。

唐十郎の脇にいた弥次郎が、うなずいた。弥次郎もその気になっているようだ。

2

木島が先にたって、道場にむかった。木島からすこし間をとり、源之助、唐十郎、弥次郎の順につづいた。

木島は道場の脇まで行くと、門弟らしい武士が近くにいないのを確かめてから、裏手にむかった。

木島は足音を忍ばせて道場の裏手へまわると、先程身を隠したつつじの灌木の陰に潜んだ。そして、源之助たち三人がそばに来るのを待って、

「杉浦たちがいるようです」

と、声をひそめて言った。

家の中から聞こえてくる男たちの会話のなかに、杉浦、伊沢、それに峰田と呼ぶ声がした。

「座敷にいるのは、三人だけだな」

唐十郎が、声をひそめて言った。松永はいないらしい。

「踏み込むか」

源之助が言った。

「何とか、杉浦たちを外に呼び出せないかな。狭い部屋のなかでやりあうと、味方からも犠牲者が出るぞ」

唐十郎は、できれば狭い家のなかで、何人もが入り乱れて斬り合うのは避けたかったのだ。

源之助と弥次郎が、うなずいた。ふたりも、同じ思いらしい。

「それがしが、声をかけてみましょうか」

木島が言った。

「木島に頼む」

源之助が言った。木島は灌木の陰から出ると、ひとりで家の戸口にむかった。唐十郎たちはその場に残り、木島の背に目をむけている。

木島は戸口に立つと、家のなかの会話に耳をかたむけた。男の話し声は、戸口に近い所から聞こえてきた。座敷があるらしい。

話しているのは、やはり三人らしかった。家の中にいるのは杉浦と伊沢、それに峰田という名の男のようだ。恐らく、師範代に並ぶような高弟なのだろう。

木島は板戸に顔を近付け、

「杉浦どの、おられるか」

と声をかけてから、板戸をあけた。

敷居につづいて土間があり、その先が狭い板間になっていた。板間の先に、障子がたててある。そこが座敷になっているらしく、人のいる気配がした。

そのとき、障子のむこうで、

「誰だ！」

と、鋭い声がした。

「旗本にお仕えしている者でござる。道場の弟子入り志願のことで、お訊きしたいことがござって伺いました」

木島が、もっともらしく言った。

「すぐ参る」

そう声がし、障子が開いて、年配の武士が姿を見せ、

「それがしが、杉浦唐三郎でござる」

と、名乗った。四十代半ばであろうか。眉の濃い、眼光の鋭い男だった。道場主らしい貫禄がある。

「それがし、中野稲兵衛と申す」

木島は、咄嗟に頭に浮かんだ偽名を口にした。

「御子息は、どこにおられる」

杉浦が訊いた。

「道場の前に待たせております。ここへ連れてきていいものかどうか、迷いまして」

木島が、もっともらしく言った。

「さようでござるか。道場まで行ってみましょう」

杉浦がそう言ったとき、障子の向こうで、

「杉浦どの、それがしも御一緒しよう。今日は、これで帰らせてもらう」

と、男の声がした。

木島は、男の声から伊沢であると推測した。

伊沢の声につづいて、「それがしも、帰ろう」と別の男の声がした。峰田という名の男らしい。

障子が開いて、武士がふたり姿を見せた。伊沢と峰田のようだ。

……三人、一緒か。

木島が、胸の内でつぶやいた。

家の外で、源之助、唐十郎、弥次郎の三人が待ち構えている。木島は自分もくわわれば四人になるので、杉浦たち三人は討てる、と踏んだ。

木島が先にたって、母屋の戸口から離れた。後に、杉浦、伊沢、峰田の三人がつづいた。戸口から四人の男が、離れたときだった。

ザザッ、と草木を分ける音がし、つつじの灌木の陰から人影が飛び出した。源之助、唐十郎、弥次郎の三人である。

これを見た杉浦たち三人は、ギョッとしたような顔をして立ち止まった。

「青山道場の者だ！」

杉浦が叫んだ。

「騙（だま）し討ちか！」

伊沢が、源之助たち三人を見据えて言った。

伊沢と峰田は、腰に帯びていた大刀を抜き放った。つづいて、杉浦も刀を抜いた。三人とも、腕に覚えのある者らしく、動転している様子はなかった。

「杉浦、おれが相手だ！」

唐十郎は、杉浦の前にまわり込んだ。

一方、源之助は伊沢の前に立つと、

「伊沢、父の敵（かたき）！」

と、低い声で言った。伊沢を見据えた双眸が鋭いひかりを放っている。

伊沢は顔をしかめ、

「返り討ちにしてくれるわ」

と、吐き捨てるように言った。

源之助と伊沢は、二間（けん）半ほどの間合をとって対峙（たいじ）した。源之助は青眼（せいがん）、伊沢は八相（はっそう）に構えている。

真剣勝負の立ち合いの間合としては近いが、母屋の前の庭は狭く、間合を広くとれないのだ。

3

唐十郎は、道場主の杉浦と対峙していた。

ふたりの間合は、およそ二間――。

杉浦は八相に構えていた。一方の唐十郎は刀の柄に右手を添え、居合の抜刀体勢をとった。すこし間合が近いのは、唐十郎が刀を抜いて切っ先を敵にむけなかったためだ。その分だけ狭まったといっていい。

「おぬし、居合を遣うのか」

杉浦が、驚いたような顔をしてみせて訊いた。

「いかにも」

「青山道場の門弟ではないようだが、何故、青山に味方する」

「道場主と師範代を闇討ちにするなど、うぬらのやったことが、許せないからだ」

唐十郎は、金を貰って助太刀を引き受けたとは言えなかったのでそう口にしたが、胸の内には、己の道場のために近くにある道場の道場主と師範代を闇討ちにするなど、武士として許せないという思いもあった。唐十郎だけでなく、弥次郎にも同じ思いがあるはずだ。

「いずれにしろ、おぬしが青山道場に味方するのは、今日で終わりだ」

杉浦が言った。唐十郎を見据えた双眸が、燃えるようにひかっている。

ふたりは、およそ二間の間合をとったまま動かなかった。ふたりとも、相手が遣い手と察知し、迂闊(うかつ)に仕掛けられなかったのだ。

このとき、弥次郎は峰田と対峙していた。弥次郎は居合の抜刀体勢をとり、峰田は手にした刀を青眼に構え、切っ先を弥次郎の目にむけている。

「居合か」

峰田が訊いた。顔に、戸惑うような表情が浮いた。おそらく、居合を遣う相手と立ち合ったことがないのだろう。

だが、戸惑うような表情はすぐに消えた。そして、全身に気勢を漲(みなぎ)らせ、いまにも斬り込んできそうな気配を見せた。

……こやつ、なかなかの遣い手だ。

と、弥次郎は胸の内でつぶやいた。

峰田は青眼に構えた切っ先を弥次郎の目にむけ、足裏を摺るようにしてジリジリと間合を狭めてきた。

弥次郎は居合の抜刀体勢をとったまま動かず、峰田との間合を読んでいる。

ふいに、峰田の寄り身がとまった。弥次郎の隙のない構えを見て、このまま斬撃の間合に踏み込むと、斬られると察知したらしい。

イヤアッ！

突如、峰田が裂帛の気合を発した。気合で、弥次郎の構えをくずそうとしたらしい。だが、気合を発したことで、峰田の刀を持った手に力が入り、切っ先が揺れた。

この一瞬の隙を、弥次郎がとらえた。

踏み込みざま、鋭い気合を発して抜刀した。

キラッ、と刀身が光った次の瞬間、弥次郎の切っ先が、峰田の右の二の腕を深く切り裂いた。

峰田は手にした刀を取り落とし、悲鳴を上げて後ろに逃げた。右腕が、だらりと垂れ下がっている。骨まで切断されたらしい。

弥次郎は刀を脇構えにとったまま、さらに峰田との間合をつめた。刀を抜いてしまったので、居合は遣えない。脇構えから、居合の抜刀の呼吸で斬り込むのだ。

「た、助けて……」

峰田は声を上げ、反転すると走りだした。逃げたのである。

弥次郎は足をとめた。逃げる峰田を追うつもりはなかった。

弥次郎は、唐十郎と源之助に目をやった。どちらかに助太刀しようと思ったのだが、その場から動かなかった。

ふたりとも、自力で敵を倒せる、とみたのだ。

唐十郎は、杉浦と対峙していた。杉浦の右袖が裂け、かすかに血の色があった。唐十郎の切っ先を浴びたらしい。

一方、源之助は青眼に構え、伊沢と切っ先を向け合っていた。まだ、双方とも無傷だったが、

……源之助どのが、押している！

と、弥次郎はみた。

源之助と伊沢は青眼に構えていたが、伊沢の腰が高かった。それに、伊沢は源之助の剣尖（けんせん）の威圧に押されてすこしずつ身を退いていたのだ。

このとき、唐十郎が仕掛けた。脇構えから居合の抜刀と同じように袈裟に斬り込ん

だのだ。

その太刀捌き(たちさば)が、居合と同じように迅(はや)かった。

咄嗟に杉浦は身を退いたが、間に合わなかった。唐十郎の手にした刀の切っ先が杉浦の肩から胸にかけて斬り裂いた。

杉浦の小袖が裂け、血の線がはしった。

露(あらわ)になった杉浦の胸に血の線がはしり、血が流れ出たが、致命傷にはならなかった。皮肉を裂かれただけらしい。

杉浦は必死の形相(ぎょうそう)で、後ろに下がった。そして、唐十郎との間合が開くと、反転して走りだした。逃げたのである。

「待て！」

唐十郎が、杉浦の後を追った。

だが、追いつけなかった。杉浦は胸を浅く斬られたものの、足腰は無傷だったし、逃げ足が唐十郎の思ったより速かったのだ。

唐十郎は道場の脇まで杉浦を追ったが、諦(あきら)めて足をとめた。

母屋の前では、まだ戦いがつづいていた。源之助が伊沢と対峙していた。

源之助は青眼に構えていた。一方、伊沢は青眼に構えていた切っ先をわずかに下げて、下段に構えなおした。

唐十郎は、源之助と伊沢が切っ先を向け合っているのを目にし、源之助に助太刀しようとして近寄った。

そのとき、伊沢は唐十郎が近付いてくるのを目の端でとらえ、

タアッ！

と、いきなり甲走った気合を発して斬り込んだ。

伊沢は、下段から刀身を左手に上げざま横に払った。源之助の胴を狙ったのである。咄嗟に、源之助は身を退いて伊沢の切っ先をかわすと、袈裟に斬り込んだ。一瞬の攻防である。

源之助の切っ先が、伊沢の肩から胸にかけてを斬り裂いた。

伊沢は呻き声を上げてよろめき、足をとめると、腰から崩れるように倒れた。俯せに倒れた伊沢は両手を地面に突き、顔を上げて立ち上がろうとした。だが、顔をもたげただけで、身を起こすこともできなかった。傷口から流れ出た血が、赤い布を広げるように地面を染めていく。

伊沢は苦しげな呻き声を上げていたが、いっときすると、ぐったりとなった。息の

音が聞こえない。

「死んだ」

源之助が、血刀を引っ提げたまま言った。

そこへ、唐十郎と弥次郎が近寄り、

「父の敵のひとりを討ったな」

と、唐十郎が源之助に声をかけた。

源之助は地面に横たわっている伊沢に目をやりながら、

「もうひとりの松永も、必ず斬る」

と、静かだが強い響きのある声で言った。

4

唐十郎と弥次郎は、杉浦道場の裏手の母屋にいた杉浦たちを襲った翌日、昼過ぎになってから、豊島町にある青山道場に足を運んだ。稽古は終わったらしく、道場内はひっそりとしていた。

だが、表の板戸は開いていた。それに、道場内からは人声が聞こえた。

「源之助どのだ」

弥次郎が言った。

「木島どのもいるようだ」

唐十郎は、木島の声も耳にした。

唐十郎は弥次郎とともに道場の土間に入り、「どなたか、おられるか」と声をかけた。すると、道場内から、「狩谷どのらしい」という源之助の声がし、

「入ってくれ」

と、大きな声が聞こえた。

唐十郎と弥次郎は土間から板間に上がり、木戸を開けて道場内に入った。道場のなかほどの床に、ふたりの男が腰を下ろしていた。源之助と木島である。ふたりとも、小袖に袴姿だった。稽古をしていたのではないらしい。

「狩谷どの、本間どの、ここに来て腰を下ろしてくれ」

源之助が声をかけた。

唐十郎と弥次郎は、源之助のそばに行って腰を下ろした。

「今日の稽古は、午前中だけでな。午後になったら、小柳町に行ってみるつもりだったのだ」

源之助が言った。

「おれたちも、小柳町に行くつもりで来たのだ」

唐十郎が言うと、脇に座した弥次郎がうなずいた。

唐十郎は、念のため杉浦道場の裏手にある母屋に行き、杉浦たちがもどっていないか確かめ、いなければ杉浦たちの居所を探すつもりだった。

「狩谷どのたちが見えたことだし、そろそろ出掛けるか」

源之助が、木島に目をやって言った。

木島はうなずいて、立ち上がった。唐十郎たちも腰を上げた。唐十郎たち四人は道場を出ると、小柳町にある杉浦道場に足をむけた。

唐十郎たちは、杉浦道場の近くまで行くと、普請をしている大工に、母屋に誰かいないか訊いてみた。

「誰もいねえようですぜ。今朝から、ひっそりしたままでさァ」

大工が、首を捻(ひね)りながら言った。

「門弟たちの姿も見なかったか」

唐十郎が訊いた。

「へい、ひとりも姿を見せやせん」

「そうか。……手間をとらせたな」

唐十郎が大工に礼を言い、源之助たちと共にその場を離れた。

道場から離れたところで、源之助が、

「逃げた杉浦たちは、どこに身を潜めているのだ」

と言って、首を傾げた。

「この近くに身を隠しているとすれば、杉浦道場に出入りしていた松永弥九郎の隠れ家だな」

唐十郎が、男たちに目をやって言った。

「情婦の家か」

源之助が、唐十郎に顔をむけて訊いた。源之助も、松永の情婦がこの辺りに住んでいることを知っていた。

「それしかあるまい」

唐十郎が言った。

「昨日、杉浦道場の裏手の母屋に松永がいなかったのは、情婦の家にいたからだな」

源之助が言った。

「そうみていい」

唐十郎も、母屋を襲った昨日、松永の姿がなかったのは、情婦の家に行っていたからだろう、とみていた。

「ともかく、岩井町にある情婦の家に行ってみるか」

そう言って、源之助が先にたった。

この場から、松永の情婦の住む家まで、それ程遠くない。

唐十郎たちは、小柳町から東方につづく道に入った。いっとき歩くと、前方に下駄屋が見えてきた。

「そこの下駄屋の脇の道を入った先だったな」

源之助が、道沿いにあった下駄屋を指差して言った。下駄屋の脇に、細い道がある。

「行ってみよう」

唐十郎が言った。

唐十郎たちは人目を引かないように、すこし離れて歩くことにした。

細い道に入っていっとき歩くと、道沿いに板塀(いたべい)をめぐらせた仕舞屋(しもたや)が見えてきた。

唐十郎は路傍(ろぼう)に足をとめ、後続の源之助たちが近付くのを待ち、

「松永は来ているかな」

と言って、仕舞屋に目をやった。

「おれが、見てくる」

源之助はそう言って、ひとりその場を離れた。

唐十郎、弥次郎、木島の三人は、目立たないように路傍で一休みしているような振りをして立っていた。

源之助は通行人を装い、仕舞屋に近付いた。道に面した家の正面は、丸太を二本立てただけの木戸門になっていた。門扉もなく、自由に出入りできるようになっている。家の前に狭い庭があり、紅葉と梅が植えてあったが、草花も目についた。女の住む家らしい雰囲気がある。

源之助は木戸門の前まで来ると、板塀に近付いて身を隠し、聞き耳をたてた。

家のなかから、男と女の声がした。

……松永がいる！

源之助は胸の内で声を上げた。

男の声に、聞き覚えがあった。松永の声である。

つづいて、別の男の声がした。小声ではっきりしないが、杉浦らしい。

源之助はいっとき耳を傾けていたが、松永と杉浦、それに情婦らしい女の声しか聞こえなかった。

……他に、いないようだ。

源之助はつぶやき、その場を離れた。

5

源之助は来た道を引き返し、唐十郎たち三人のいる場にもどった。

「家のなかに、松永と杉浦がいる」

源之助が昂った声で言った。

「情婦は」

唐十郎が訊いた。

「情婦もいる。……他の声は聞こえなかったから、情婦の他に家にいるのは、杉浦と松永とみていい」

源之助が言った。

「ここで、ふたりを討つか」

唐十郎が、源之助に訊いた。

「そのつもりだ」

源之助が、いつになく顔を厳しくして言った。

唐十郎たちは、その場で相談し、唐十郎、源之助、木島の三人が表から踏み込み、弥次郎が念のため裏手にまわることになった。

唐十郎は、源之助と木島の手で、松永を討って欲しかった。道場主だった青山庄兵衛と師範代だった矢島の敵を討つためである。

唐十郎は刀の目釘（めくぎ）を確かめてから、

「行くぞ」

と、声をかけた。

唐十郎たちは足早に松永たちのいる家に近付き、板塀の前まで来て足をとめた。

「それがしは、裏手にまわります」

弥次郎が小声で言い、足音を忍ばせ、板塀沿いをたどって裏手にむかった。

後に残った唐十郎たち三人が、松永たちのいる家に近付こうとしたとき、背後で話し声が聞こえた。武士の声である。

「待て！」

唐十郎が、そばにいた源之助と木島をとめた。

見ると、武士がふたり、何やら話しながら歩いてくる。まだ十六、七歳と思われる若い武士だった。

唐十郎たちは路傍に身を寄せて、若侍（わかざむらい）が通り過ぎるのを待った。ふたりの若侍は、杉浦道場の門弟らしい、と唐十郎はみたのだ。

ふたりの若侍は唐十郎たちに目をむけたが、何も言わずに通り過ぎた。ふたりは、仕舞屋の方へ歩いていく。

ふたりは仕舞屋の前まで行くと、再び背後に目をむけたようだが、話をやめずにそのまま通り過ぎた。

「門弟ではないようだ」

源之助が、ほっとした顔をして言った。

「行くぞ」

唐十郎が先にたち、源之助と木島がつづいた。

唐十郎たち三人は、足音を忍ばせて木戸門に近付いた。そのとき、家のなかから話し声が聞こえた。

「杉浦だ！」

源之助が、声をひそめて言った。

杉浦につづいて、松永と女の声がした。三人の声がはっきりと聞こえた。戸口近くの部屋で、話しているらしい。

「家に踏み込みますか」

木島が声をひそめて訊いた。

「家のなかで、立ち合いたくないな。下手をすると、返り討ちに遭うぞ」

唐十郎が小声で言った。

「外に呼び出そう」

すぐに、源之助が言った。

「それがしが、外に呼び出します」

木島の声には、腹をかためたような響きがあった。

唐十郎と源之助が、無言のままうなずいた。

木島は唐十郎と源之助をその場に残し、木戸門から入ると、仕舞屋の戸口に近付いた。すると、家のなかから聞こえていた話し声がやんだ。松永たちが、戸口に近付いてくる木島の足音を耳にしたにちがいない。

木島は、戸口の格子戸の前で足をとめた。そして耳を傾けたが、何も聞こえなかった。ただ、戸口に近い場所に、人のいる気配がした。

木島は格子戸に手をかけて開けた。土間につづいて狭い板間があり、その先が座敷になっていた。

座敷に三人いた。松永と杉浦、それに年増である。年増は、松永の情婦だろう。

「何者だ！」

松永が、木島を見据えて声高に訊いた。傍らに置いてあった刀を引き寄せている。

そばにいた杉浦は、驚いたような顔をして木島を見ている。

「おぬし、青山道場の者ではないか」

杉浦が訊いた。杉浦が道場の裏手の母屋にいたとき、目の前に立っている男に呼び出されたことを思い出したらしい。

「そうではござらぬ。それがし、旗本にお仕えしている中野稲兵衛と申したではないか」

木島は否定しにかかった。

「嘘を申すな。おぬし、ここに斬られにきたのか！」

杉浦は、憤怒に顔を赭黒く染めて声を上げた。

「斬れるものなら、斬ってみるがいい」

木島は杉浦と松永に目をむけたまま後ずさり、戸口から身を退いた。

「おのれ！　おれたちを愚弄しおって」

杉浦は、傍らに置いてあった刀を手にして立ち上がった。

これを見た松永も刀を摑み、

「表に仲間がいるようだが、ここまで踏み込んできたとなると、斬るしかないな」

そう言って、立ち上がった。松永は腕に覚えがあるらしく、動揺した様子はなかった。

「お、おまえさん、どこへ行くんだい」

年増が、声を震わせて訊いた。

「おしま、ここにいろ。すぐもどる」

松永はそう言い残し、杉浦につづいて戸口に足をむけた。情婦の名は、おしまらしい。

6

唐十郎と源之助は、木戸門のそばに立っていた。木戸門のなかは狭く、松永や杉浦と戦う場所はなかった。ふたりは、松永たちを通りまで連れ出すつもりだった。

そのとき、戸口から木島につづいて杉浦が姿を見せた。さらに、杉浦の背後から松永も出てきた。

杉浦は、木戸門の近くにいる唐十郎たちの姿を目にすると足をとめ、

「青山たちがいるぞ！」

と、唐十郎たちを指差して言った。

松永は、唐十郎たちに目をやり、

「ふたりか」

と、低い声で言った。双眸に、剣客らしい鋭いひかりが宿っている。

杉浦は戸惑うような顔をして、唐十郎たちを見たが、

「逃げるなら、家の裏手にまわればいい」

と、松永に言った。

このやり取りを耳にした木島が、

「逃げ場はないぞ。仲間が、裏手もかためている」

と、松永たちに目をやって言った。

「裏手にもいるのか。……家の前にいる相手は、ふたりとみていい。ここで始末すれば、きゃつらから逃げまわらずに済む。それに、おぬしの望みどおり、青山道場も手に入る」

松永が、語気を強くして言った。

杉浦は無言でうなずいた。どうやら、杉浦も唐十郎たちと戦う気になったらしい。

唐十郎と源之助は、木島の背後から近付いてくる松永と杉浦を目にし、木戸門からすこし身を退いた。松永たちと戦う場所をつくったのだ。

先に木戸門から出た木島は、足早に唐十郎たちの背後にまわった。松永たちとの戦いは、唐十郎たちに任せるつもりなのだ。

一方、松永と杉浦は、木戸門から出ると足をとめた。そして、すこし離れた場に立っている唐十郎と源之助に目をむけている。

「杉浦、おれが相手だ！」

唐十郎が声をかけた。

あらかじめ、松永と杉浦が姿を見せたら、唐十郎が杉浦と、源之助が松永と戦う手筈になっていた。

源之助にとって、松永は父の敵だった。前から、源之助は松永と勝負するつもりでいたのだ。

むろん、唐十郎が先に杉浦を斬れば、源之助に助太刀することになるだろう。

「松永、父の敵！」

源之助が、昂った声で言った。

松永は傍らにいた杉浦に目をやり、

「杉浦、迂闊に仕掛けるな。おれが、青山を始末してから助太刀する」

そう声をかけ、源之助に近付いて対峙した。

一方、杉浦はゆっくりとした足取りで唐十郎の前に立った。唐十郎との間合を三間の余もとっている。

唐十郎は刀の柄に右手を添えたが、

「おい、この遠間で、勝負するつもりか」

そう言って、すこし杉浦との間合を狭めた。

対する杉浦は、青眼に構えて切っ先を唐十郎にむけた。

……道場主だけはある。

と、唐十郎は思った。

杉浦の青眼の構えは腰が据わり、隙がなかった。唐十郎の目にむけられた切っ先には、そのまま眼前に迫ってくるような威圧感があった。

だが、唐十郎は臆(おく)さなかった。足裏を擂(す)るようにして、すこしだけ杉浦との間合を狭めた。対する杉浦は、動かなかった。青眼に構えたまま斬撃の機をうかがっている。

ふいに、唐十郎が寄り身をとめた。まだ、居合で抜きつけて敵を斬るには間合が遠過ぎるが、遠間から踏み込みざま斬りつける技もある。それに、唐十郎が居合の抜刀の間合に踏み込む前に、杉浦が先に仕掛けてくるはずだ。

唐十郎と杉浦は、対峙したまま動かなかった。ふたりは斬撃の体勢をとり、気魄(きはく)で攻め合っていた。気攻めである。

そのとき、杉浦が半歩踏み込みざま、タアッ！　と鋭い気合を発した。杉浦は気合で、唐十郎の気を乱そうとしたらしい。

唐十郎は、その気合に動じなかったが、杉浦の全身に斬撃の気がはしった。気合を発したことで、斬撃の気が高まったらしい。

イヤアッ！

杉浦が甲高い気合を発しざま、斬り込んできた。

踏み込みざま真っ向へ――。

咄嗟に、唐十郎は体を左手に寄せざま、鋭い気合とともに抜刀した。

シャッ、という抜刀の音がした次の瞬間、閃光（せんこう）が袈裟（けさ）にはしった。居合の神速の一撃である。

杉浦の切っ先は、唐十郎の左の肩先をかすめて空（くう）を切り、唐十郎の切っ先は、杉浦の肩から胸にかけてを斬り裂いた。

次の瞬間、唐十郎と杉浦は、後ろに跳んで大きく間合をとった。唐十郎は素早い動きで、刀を鞘（さや）に納めた。居合を遣うためである。

杉浦の小袖が裂け、露（あらわ）になった胸に血が流れ出ている。皮肉を裂かれただけだが、昨日唐十郎につけられた傷の上から斬りつけられたので、出血はすくなくなかった。見る間に、胸が血に染まっていく。

杉浦は、ふたたび青眼に構えをとった。その切っ先が、小刻みに震えている。胸を斬られたことで、気が乱れているのだ。

「杉浦、勝負あったぞ。刀を引け！」

唐十郎が声をかけた。

「まだだ！」

杉浦は、刀を引こうとしなかった。

7

唐十郎が杉浦に一撃浴びせたとき、源之助は松永と向き合っていた。

源之助と松永は、お互いに青眼に構えていた。ふたりの手にした刀の切っ先が、相手の目にむけられている。

すでに、ふたりは斬り合っていた。源之助の左袖がわずかに裂けていたが、血の色はなかった。一方、松永は無傷である。

源之助の切っ先は、松永の目にむけられたまま動かなかったが、青眼に構えた松永の切っ先は、かすかに上下した。敵の目を乱す意図もあったが、切っ先を動かすことで、斬り込みを速くするためでもあった。

源之助と松永の間合はおよそ、二間半――。刀を向け合った真剣勝負の間合としてはすこし近いが、斬り合ったことで、間合が近くなったのだ。

「行くぞ！」

松永が先に動いた。

松永は爪先(つまさき)を這(は)うように動かし、ジリジリと源之助との間合を狭めていく。

対する源之助は、動かなかった。気を鎮(しず)めて、ふたりの間合と松永の斬撃の起こりを読んでいる。

……斬り込みの間合まで、あと半間。

源之助がそう読んだとき、ふいに松永の寄り身がとまった。このまま斬撃の間境(まざかい)を越えると、源之助の斬撃を浴びるとみたのかもしれない。

松永は斬撃の構えを見せたまま、
イヤアッ！

と、裂帛(れっぱく)の気合を発した。

気合で、源之助の気を乱そうとしたのだ。

松永が気合を発した次の瞬間、ほぼ同時に松永と源之助に斬撃の気がはしった。

ふたりは鋭い気合を発しざま、斬り込んだ。

松永は、踏み込みざま青眼から袈裟へ——。

源之助は、その場に立ったまま刀身を真っ向へ——。

松永の切っ先は、源之助の小袖の肩先をかすかに切り裂き、源之助の切っ先は松永の鼻先をかすめて空を切った。

次の瞬間、ふたりは背後に跳んで大きく間合をとった。そして、源之助と松永はふたたび、青眼に構えあった。

「一寸、伸びが足りなかったな」

松永が、口許に薄笑いを浮かべて言った。

源之助は無言のまま、松永を睨むように見据えている。

源之助が松永と斬り合っていたとき、唐十郎は依然として刀を引かない杉浦と対峙していた。

唐十郎は抜刀したため、刀を手にし、脇構えにとっていた。杉浦は、青眼に構えている。杉浦の青眼に構えた切っ先が、かすかに震えていた。ふたりはすでに一合し、杉浦の小袖が裂け、肩から胸にかけて血の色があった。杉浦は、唐十郎の居合で抜きつけた一撃を浴びたのである。

「杉浦、勝負あったぞ。刀を引け」

唐十郎が声をかけた。

「まだ！」

叫びざま、杉浦は青眼に構えたまま一歩踏み込んだ。

次の瞬間、ほぼ同時に唐十郎と杉浦の全身に斬撃の気がはしった。

唐十郎は、脇構えから逆袈裟へ。

杉浦は、青眼の構えから刀身を振り上げざま袈裟へ。

逆袈裟と袈裟——。

ふたりの刀身が眼前で合致し、青火が散った。次の瞬間、ふたりは二の太刀をはなった。唐十郎は身を退きざま、敵の籠手（こて）を狙って鋭く斬り込み、杉浦はその場に立ったまま、袈裟に払った。

唐十郎の切っ先が杉浦の右の前腕を斬り裂き、杉浦の切っ先は唐十郎の胸をかすめて空を切った。

ふたりはすばやく間合を広くとり、青眼に構えあった。杉浦の切っ先が、小刻みに震えていた。唐十郎に右腕を斬られたためである。

「杉浦、勝負あったぞ。刀を引け！」

唐十郎が再び声をかけた。

「まだだ！」

叫びざま、杉浦がいきなり仕掛けてきた。

踏み込みざま青眼から真っ向へ——。

だが、迅さも鋭さもない斬撃だった。唐十郎は一歩身を退いて、杉浦の切っ先をかわすと、鋭い気合を発して刀身を横に払った。

杉浦の首から、血が飛んだ。首の血管を斬ったらしい。杉浦は血を飛び散らせ、腰から崩れるように地面に横たわった。

俯せに倒れた杉浦は首を擡げ、四肢を動かしていたが、いっときすると動かなくなった。息の音も聞こえない。絶命したようだ。

このとき、源之助は松永と対峙していた。ふたりとも、青眼に構えている。

源之助の右袖が裂けていたが、血の色はない。

ふたりの間合は、およそ二間——。真剣勝負の間合としては近い。ふたりは斬り合ったことで、間合が近くなったのだ。

松永は、杉浦が唐十郎に斬られたのを目にすると、

「いくぞ！」

と、声をかけ、いきなり仕掛けた。

踏み込みざま真っ向へ――。

咄嗟に、源之助は後ろに跳んで、松永の切っ先をかわした。

ふたりの間合が広がると、松永は刀を手にしたまま反転して走りだした。逃げたのである。

一瞬、源之助は何が起こったか分からず、その場に棒立ちになった。

松永は、逃げていく。

そこへ、唐十郎が走り寄った。

「松永は逃げたか！」

唐十郎が、逃げる松永の背を見ながら言った。

「杉浦は」

と、源之助が訊いた。

「おれが、討ち取った」

「松永は、杉浦が斬られたのを目にして逃げたのか」

源之助が、遠ざかっていく松永を見つめて言った。

唐十郎たちの戦いは終わった。杉浦は討ち取ったが、敵の松永には、逃げられたのである。

第六章　剣鬼の最期

1

唐十郎と弥次郎は狩谷道場を出ると、豊島町一丁目にむかった。青山道場に行くつもりだった。

唐十郎は杉浦を討ちとったが、肝心の松永に逃げられて三日経っていた。この間、唐十郎や源之助は、念のため岩井町にあった情婦の住む家にも出掛けて松永の行方を探ったが、居所は知れなかった。

今日も、唐十郎は源之助とともに、松永を探しに出掛けるつもりだった。唐十郎はともかく、源之助にしてみれば、松永を討つまでは道場主として落ち着いて門弟たちの指南に当たれないだろう。

唐十郎と弥次郎は源之助の胸の内が分かっていたので、源之助とともに松永を探しにいく気になっていた。

唐十郎たちは柳原通りに出て、豊島町一丁目まで来ると、古着屋の脇の道に入った。その道沿いに青山道場があるのだ。

脇道に入ると、前方からふたりの若侍が歩いてくるのを目にした。ふたりは小袖に袴姿で、下駄履きだった。ひとりが、木刀を手にしている。

「青山道場の門弟らしいな。……あのふたりに訊いてみよう」

唐十郎が言った。

ふたりの若侍が近付くのを待ち、

「お聞きしたいことがござる」

と、唐十郎が声をかけた。

ふたりの若侍は唐十郎と弥次郎を見て、不審そうな顔をしたが、

「何でしょうか」

と、年上と思われる若侍が訊いた。

「そこもとたちは、この先の青山道場の門弟でござるか」

唐十郎が訊いた。

「そうです」

年上と思われる若侍が言った。もうひとりの若侍は、路傍に立ったまま唐十郎と弥次郎に目をやっている。

「実は、道場主の源之助どのに会いにきたのだが、道場におられたかな」

唐十郎が源之助の名を出すと、ふたりの若侍から不審そうな表情が消えた。唐十郎

のことを道場主の知り合いと思ったようだ。

「おります」

年上らしい若侍が、声高に言った。

「それで、稽古は終わったのかな」

唐十郎が訊きたかったことは、稽古中かどうかだった。稽古中なら、終わるまで待たねばならない。

「終わりました。それがしたちは、残り稽古ですこし遅くなったのです。道場に門弟は残っていないはずです」

もうひとりの若侍が、身を乗り出して言った。

「すぐ行ってみよう」

唐十郎は若侍にそう声をかけ、弥次郎とともに道場にむかった。

いっとき歩くと、道場が見えてきた。稽古の音が聞こえない。稽古中は遠方からでも、竹刀を打ち合う音や気合などが聞こえるのだが、今はひっそりとしている。

唐十郎と弥次郎が道場の戸口まで行くと、道場内から話し声が聞こえた。源之助と高弟の木島の声である。

唐十郎たちは、道場の土間に入った。板戸が閉めてあって、道場内は見えない。

「頼もう！　どなたか、おられるか」

唐十郎が声をかけた。

すると、道場内から聞こえていた話し声がやみ、

「狩谷どののようです」

と、高弟の木島の声が聞こえた。どうやら、声で唐十郎と分かったようだ。

すぐに、道場の床を歩く音が近付いてきて、板戸があいた。姿を見せたのは、木島である。

「源之助どのは、おられるか」

唐十郎が木島に訊いた。

「おります。上がってくだされ」

「失礼する」

唐十郎と弥次郎は板間に上がり、木島につづいて道場内に入った。

道場のなかほどに、源之助の姿があった。まだ、稽古着姿で木刀を手にしていた。素振りをしていたらしく、顔が汗で光っている。

「近ごろ、落ち着いて稽古らしい稽古ができないのだ。それで、すこし素振りでもしようかと思い、木島とふたりで木刀を振っていたところだ」

源之助が、苦笑いを浮かべて言った。

「おれたちもそうだ。まだ、肝心の松永が残っているからな。稽古にも気合が入らん」

唐十郎が言った。

「何としても、松永を討たねばな」

源之助の顔が、引き締まった。

「何とか、松永の居所を摑みたいのだが、岩井町には、姿を見せぬようだし……」

そう言って唐十郎が首を捻ると、

「今日は、杉浦道場へ行ってみないか」

源之助が、唐十郎と弥次郎に目をやって言った。

「道場は閉じたままだぞ」

唐十郎が、道場主の杉浦を斬り殺したのだ。杉浦道場は新築中だが、杉浦の死後、普請は中断し、大工たちも姿を見せないと聞いている。

「道場の裏手にある母屋は、どうかな。杉浦の死後、出入りする者はなく、空き屋のままではないか。隠れ家には、いいかもしれん」

源之助が言った。

「行ってみるか」

唐十郎も、だれも寄り付かない道場や裏手にある母屋は、いい隠れ家かもしれないと思った。

唐十郎と弥次郎は、源之助と木島が着替えるのを待って、青山道場を出た。向かった先は、小柳町二丁目にある杉浦道場である。

唐十郎たちは杉浦道場に何度も行っていたので、その道筋は分かっていた。

神田川沿いにつづく柳原通りに出て西にむかい、和泉橋の袂を過ぎてから左手の通りに入った。いっとき歩くと、前方に杉浦道場が見えてきた。

道場のまわりには足場が組まれたままで、大工や左官の姿はなかった。道場主の杉浦が死に、跡を継ぐ者もはっきりしないので、普請は中断しているようだ。

2

唐十郎たち四人は、道場の近くまで行って足をとめた。

道場はひっそりとして、物音も人声も聞こえなかった。だれもいないようだ。

「裏手の母屋は、どうかな」

唐十郎が、弥次郎、源之助、木島の三人に目をやって言った。

「行ってみるか」

源之助が言った。

唐十郎たち四人は、まず道場の前まで行ってみた。普請中のままで、辺りに人影はなかった。

「母屋にまわってみよう」

唐十郎たちは、道場の脇を通って裏手にある母屋にむかった。

母屋はひっそりとしていた。物音も話し声も聞こえない。

唐十郎たちは、念のため戸口近くの樹陰(こかげ)に身を隠して、母屋に目をやった。やはり、人のいる気配はなかった。

「だれも、いないようだ」

源之助が言った。

「近付いてみるか」

唐十郎が男たちに目をやって言い、家の戸口に近付いた。弥次郎たち三人が、後につづいた。

唐十郎たちは戸口の板戸に身を寄せて聞き耳を立てたが、家のなかはひっそりとしたまで人のいる気配はなかった。

「家にもいないようだ」

源之助が小声で言った。

「家の中を覗いてみよう」

唐十郎が言い、板戸に手をかけて引いた。

板戸は、重い音をたてて開いた。土間の先に狭い板間があり、その奥が座敷になっていた。

座敷の隅に、長持ちがあった。蓋がすこし開いたままになっている。衣類を取り出したようだ。

「誰か来たらしい」

唐十郎が言った。

「松永ではないかな。情婦を連れてきたのかもしれぬ」

源之助が、顔を厳しくした。

「そうみていいな」

唐十郎がうなずいた。

松永は、岩井町でおしまという名の情婦を囲っていたが、妾宅を唐十郎たちに知られて襲われた。その後、松永は岩井町から姿を消した。松永は身を隠すつもりで、ここに来たのではあるまいか。

「念のため、近所で聞き込んでみるか」

唐十郎は、松永とおしまの姿を目にした者がいるのではないかと思った。

「そうだな」

源之助も、その気になった。

唐十郎たちは、道場の脇を通って表通りに出た。

唐十郎たちは、半刻（一時間）ほどしたら道場の前にもどることにし、その場で分かれた。

ひとりになった唐十郎は、通り沿いの店に立ち寄り、道場の近くで武士と年増が一緒にいるのを見掛けなかったか、訊いてみた。

数人の者が、武士と年増を目にしていた。なかには、ふたりが大きな風呂敷包みを持っていたと話す者もいた。

唐十郎は話を聞いて、松永と情婦のおしまが、道場の裏手にある家に出入りしているのを確信した。

唐十郎が道場の前まで戻ると、弥次郎の姿はあったが、源之助と木島はもどっていなかった。

　唐十郎と弥次郎がその場でいっとき待つと、通りの先に源之助と木島の姿が見えた。ふたりは、慌てた様子で足早にもどってくる。

　源之助は、唐十郎たちのそばに来ると、

「待たせたか」

　と息を弾ませて訊いた。

「おれたちも、来たばかりだ」

　唐十郎は、そう言った後、

「松永とおしまは、やはり道場の裏手の家に出入りしているようだぞ」

　と、言い添えた。

　唐十郎につづいて、源之助が、

「暗くなって、ここを通りかかった男から話を聞いたのだがな、武士が女を連れて、道場の裏手に入っていくのを見たそうだ。……松永は、道場の裏手の家で寝泊まりしているらしいな」

　と、一同に目をやって言った。

　すると、木島が、

「おれも、通り沿いの店の親爺から、暗くなってから武士が年増と歩いているのを見たという話を聞いた」

と、口を挟んだ。

「どうやら、松永はおしまを連れて岩井町の隠れ家を出た後、道場の裏手の家に身を隠しているようだ」

唐十郎が言うと、その場にいた男たちがうなずいた。

「どうしますか」

黙って話を聞いていた弥次郎が、男たちに目をやって訊いた。

「暗くなれば、松永とおしまは戻るかもしれんが、暗闇のなかで斬り合うのは、どうかな。おれたちのなかからも犠牲者が出かねんぞ」

源之助が言った。

「松永の居所が、知れたのだ。焦ることはない。明日、出直そう」

唐十郎が男たちに目をやって言った。

「よし、明日だ」

源之助が言うと、その場にいた男たちがうなずいた。

3

翌朝、唐十郎と弥次郎は、まだ暗いうちに狩谷道場を出た。そして、青山道場に立ち寄り、待っていた源之助と木島とともに、小柳町二丁目にある杉浦道場にむかった。

唐十郎たち四人は、前方に杉浦道場が見えてくると、路傍に足をとめた。

「変わった様子はないな」

唐十郎が言った。

道場の近くに、人影はなかった。

「近付いてみよう」

唐十郎が言い、四人は通行人を装って、道場に近付いた。道場から物音も、人声も聞こえなかった。裏手の母屋も、ひっそりとしている。

「松永とおしまは、母屋に戻ってないのか」

源之助が、道場の裏手に目をやって言った。

「昨夜のうちに、戻ったはずだがな」

唐十郎は、松永とおしまが、岩井町にあるおしまの家に帰ったとは考えられなかった。ふたりは、昨夜のうちに道場の裏手にある母屋に戻ったはずだ。

そのとき、道場の裏手で物音がした。引き戸を開け閉めするような音である。

「おい、裏手の家にだれかいるぞ」

源之助が、身を乗り出して言った。

「行ってみよう」

唐十郎たちは、道場の脇を通って裏手にむかった。

裏手の母屋に近付くと、男と女の声がかすかに聞こえた。家のなかで、話しているらしい。

唐十郎たちは足音を忍ばせて家の前に出ると、樹陰に身を隠した。そこは昨日、身を隠して家の様子を探った場所である。

「松永がいる！」

源之助が、声を殺して言った。

家のなかから聞こえてきたのは、松永の声だった。女の声は、情婦のおしまである。

「ふたりは、昨夜のうちに戻ったようだ」

唐十郎が小声で言った。

「家に踏み込むか」

源之助は、勢い込んでいる。

「家のなかはまずい。下手をすると、松永に斬られる」

唐十郎は、狭い家のなかで斬り合うと、自分たちのなかから犠牲者が出かねないと思った。

「おれが、松永を外に呼び出しましょうか」

木島が言った。

「木島どのに頼もう」

唐十郎は、これまでも木島がうまく松永を外に呼び出したことがあったので、この場は任せようと思った。

木島はひとり、樹陰から出ると、家の戸口にむかった。唐十郎たち三人は、樹陰に身を隠している。

木島は戸口の引き戸を開けて、家のなかに入った。

「貴様、青山たちの仲間だな！」

家のなかで、松永の声が聞こえた。昂(たかぶ)った声である。

辺りが静寂（せいじゃく）につつまれているせいか、家の外にいる唐十郎たちにも、松永の声がはっきりと聞こえた。

「松永、外に出ろ！」

木島が言った。

「外で、待ち伏せしているな」

と、松永。

「外に出れば、分かる。いずれにしろ、おぬしとやり合うのは、青山どのだ」

「青山か！」

「青山どのを恐れて外に出ないなら、踏み込んで家のなかでやり合うだけだ」

木島が言った。

「おのれ！」

松永の声に、さらに昂った響きがくわわった。そのとき、「おまえさん、逃げておくれ」とおしまの声がした。

「おしま、ここで待っていろ。すぐもどる」

松永の声がし、戸口に近付いてくるような足音がかすかに聞こえた。

戸口が開いて、外に飛び出したのは木島だった。

「松永が出てくる！」

木島が、樹陰にいる源之助たちに告げた。

源之助が、ひとり立ち上がった。唐十郎と弥次郎は、樹陰に身を隠したままである。

木島につづいて、松永が戸口に姿を見せた。大刀を一本、腰に差している。

松永は立っている源之助を目にすると、

「おぬし、ひとりか」

と言って、近付いてきた。

そのとき、樹陰から唐十郎と弥次郎が姿を見せた。

松永は唐十郎たちを目にすると、顔をしかめ、

「多勢で、騙し討ちか！」

と、怒りに声を震わせて言った。

「おれたちは、手は出さぬ。……検分役だ」

唐十郎が声高に言った。

「おのれ！」

松永は目を吊り上げて、抜刀した。

すかさず、源之助も刀を抜き、松永と対峙(たいじ)した。

ふたりの間合は、二間ほどしかなかった。真剣勝負の立ち合いの間合としては近いが、家の前には庭木が植えてあり、間合を広くとれないのだ。

唐十郎たちはすこし離れた場で、源之助と松永に目をやっていた。勝負にくわわるつもりはなかったが、源之助が後(おく)れをとり、命が危ういような状況になれば、ふたりの間に割って入るつもりだった。

源之助は、青眼(せいがん)に構えた。対する松永は、八相(はっそう)である。

4

源之助と松永は、二間ほどの間合をとって対峙していた。ふたりとも全身に気勢を込め、斬撃(ざんげき)の気配を見せて、気魄(きはく)で攻めている。

源之助は青眼、松永は八相に構えたままだった。ふたりは、なかなか仕掛けなかった。対峙したまま動かない。どれほどの時間が経ったのか。ふたりに、時間の経過の意識はなかった。

唐十郎、弥次郎、木島の三人も動かず、息を呑(の)んで源之助と松永を遠巻きに見つめている。

そのとき、庭木の枝で、チチッ、と雀の鳴き声がした。その鳴き声が、源之助と松永の緊張を破った。

「行くぞ！」

松永が声をかけ、八相に構えたまま足裏を摺るようにして、ジリジリと間合を狭めてきた。

対する源之助は、動かなかった。気を鎮めて、松永との間合と斬撃の起こりを読んでいる。

……あと、半間。

源之助は、斬撃の間境まで半間と読んだ。

そのとき、ふいに松永の寄り身がとまった。ふたりの間合が狭まっても構えのくずれない源之助を見て、このまま斬撃の間境を越えるのは危険だと察知したらしい。

松永は斬撃の気配を見せて、気魄で源之助を攻めた。気攻めである。だが、源之助は動かなかった。

松永は動じない源之助に焦れたのか、
イヤアッ！

と、裂帛の気合を発して、一歩踏み込んだ。

刹那、源之助の全身に斬撃の気がはしった。

踏み込みざま、青眼から袈裟へ——。

ほぼ同時に、松永が八相から袈裟へ——。

袈裟と袈裟。ふたりの刀身が眼前で合致し、金属音とともに青火が散った。ふたりの動きがとまり、手にした刀で押し合った。鍔迫り合いである。

ふたりの鍔迫り合いは、すぐに終わった。ふたりはほぼ同時に、手にした刀で相手の刀を強く押して後ろに跳んだ。

ふたりは、後ろに跳びざま刀を振るった。

源之助は相手の手元に突き込むように籠手を狙い、松永は袈裟に払った。一瞬の斬撃である。

源之助の切っ先は、松永の右の前腕を切り裂き、松永の切っ先は、源之助の肩先をかすめて空を切った。

ふたりはさらに背後に跳んで間合を大きくとり、ふたたび、青眼と八相に構え合った。松永の右の二の腕が血に染まり、赤い滴となって落ちた。松永の八相に構えた刀身が、小刻みに震えている。傷を負った右腕に、力が入り過ぎているのだ。

「松永、勝負あったぞ！」

源之助が声をかけた。

松永は右腕に力が入り過ぎ、太刀捌きが遅くなるはずだ。

「まだだ！」

松永は声を上げざま、いきなり仕掛けてきた。八相に構えたまま摺り足で間合を狭めてくる。だが、刀身が震え、八相の構えにも隙があった。

対する源之助は、動かなかった。気を鎮めて、ふたりの間合と松永の斬撃の気配を読んでいる。

松永は一足一刀の斬撃の間合まであと一歩に迫ったとき、

「死ね！」

叫びざま、いきなり斬り込んだ。

八相から袈裟へ――。

だが、斬撃に迅さも鋭さもなかった。

源之助は右手に体を寄せざま、刀身を横に払った。一瞬の太刀捌きである。

松永の切っ先は源之助の肩先をかすめて空を切り、源之助の切っ先は松永の二の腕から胸にかけてを斬り裂いた。

松永は手にした刀を取り落とし、呻き声を上げてよろめいた。二の腕と胸から、血が飛び散った。激しい出血である。

松永の足がとまると、腰から崩れるように倒れた。

地面に俯せになった松永は、首を擡げ地面に両手をついて起き上がろうとしたが、いっときするとぐったりとなった。松永の腕と胸から流れ出た血が、赤い布を広げていくように地面を赤く染めていく。

源之助は、血刀を引っ提げたまま松永の脇に立って目をやっていた。その顔から真剣勝負の厳しさが消え、穏やかな顔付きになっていた。

そこへ、唐十郎、弥次郎、木島の三人が走り寄った。

「源之助どの、見事だ」

唐十郎が声をかけた。

つづいて、弥次郎と木島が讃嘆の声をかけたが、源之助はちいさくうなずいただけで、表情も変えなかった。源之助の胸の内には、まだ真剣勝負の余韻が残っているのかもしれない。

唐十郎が倒れている松永に目をやり、

「ここに死体を晒しておくのも可哀相だ。松永を家の戸口まで運んでやろう」

と、源之助たちに声をかけた。

家のなかには、松永の情婦のおしまがいるはずである。おしまが、松永の遺体を葬(ほうむ)ってやるだろう。

「そうだな」

源之助がうなずいた。

唐十郎たち四人は松永の遺体を戸口まで運ぶと、踵(きびす)を返して道場の脇に足をむけた。道場の前の通りに出て、青山道場に帰るつもりだった。

唐十郎たちが道場の脇まで来たとき、家の戸口近くで、女の悲鳴が聞こえた。おしまである。おしまは、松永の無残な死体を見たようだ。

唐十郎たちは、振り返らなかった。

おしまの悲鳴が、泣き声に変わった。その声が、しだいに遠くなっていく。

5

「若先生、入身右旋、参ります」

弥次郎が声をかけた。

唐十郎は、手にした刀を青眼に構えると切っ先を弥次郎にむけた。

弥次郎は素早い動きで、唐十郎の脇に踏み込むと、体を右手に捻りながら抜刀して斬りつけた。むろん、切っ先が唐十郎にとどかないように間合を広くとっている。

「本間、いま一手」

唐十郎が弥次郎に声をかけた。

弥次郎は、「行きます！」と声を上げ、唐十郎と対峙すると、刀の柄に右手を添えた。そのとき、道場の戸口で足音がした。だれか来たらしい。

弥次郎は、刀の柄から手を離し、

「見てきます」

と言って、戸口に足をむけた。

道場から出た弥次郎と男の話し声が、戸口近くから聞こえてきた。唐十郎は、どこかで聞いた声だと思ったが、小声でよく聞き取れないこともあって、だれか分からなかった。いっときして、道場の板戸が開き、弥次郎につづいて姿を見せたのは、源之助と木島だった。ふたりは、羽織袴姿で大小を帯びていた。

……何かあったのかな。

「おお！」

唐十郎は、胸の内で思った。

「稽古中か」

源之助が、唐十郎の姿を見て言った。唐十郎は袴の股立(ももだ)ちをとったままだった。

「久し振りに、本間とふたりで、居合の稽古をしていたのだ」

唐十郎が、額(ひたい)の汗を手の甲で拭(ぬぐ)いながら言った。

「稽古の邪魔だったか」

源之助が、済まなそうな顔をした。脇に立っている木島も、戸惑うような顔をしている。

「いや、休もうとしていたところだ」

唐十郎は、改めて源之助に目をやり、

「何かあったのか」

と、小声で訊いた。

唐十郎や源之助たちが、松永を討ち取って半月ほど過ぎていた。源之助は、父と師範代だった矢島の敵(かたき)を討つことができ、今は道場主として門弟たちの指南に専念しているはずだった。

「いや、何もない。……松永や杉浦道場の噂(うわさ)を耳にしたのでな。狩谷どのと本間どの耳にも入れておこうと思って、来たのだ」

源之助が、笑みを浮かべて言った。

「ともかく、腰を下ろしてくれ」

そう言って、唐十郎が先に道場の床に腰を下ろした。

弥次郎、源之助、木島の三人も、車座になって腰を下ろした。

「実は一昨日（おととい）、木島とふたりで小柳町に出掛けて、杉浦道場の様子を見てきたのだ」

源之助が声をあらためて言った。

「話してくれ」

唐十郎は、その後、杉浦道場がどうなったか気になっていたのだ。

「道場の近くに住む者から聞いたのだがな。道場は取り壊すようだぞ。道場主の杉浦が死に、跡を継ぐ者もいないようだ。それで、何人かの主だった門弟たちが集まって相談したらしい」

「そうか」

唐十郎も、杉浦道場を継ぐ者はいないのではないか、と思っていたので、源之助の話を聞いても驚かなかった。

次に口をひらく者がなく、道場内が重苦しい沈黙につつまれたとき、

「道場の裏手の家に住んでいたおしまは、どうした」

と、唐十郎が訊いた。

「おしまは、裏手の家から姿を消したようだ。……何処へいったのか、知る者はいなかったよ」

源之助が、声をひそめて言った。

「おしまも、ひとりであの家に住む気にはなれなかったのだろう」

唐十郎が呟いた。胸の内に、おしまは岩井町にある妾宅にもどっているのではないか、との思いがあったが、口にしなかった。これ以上、おしまのことに関わるつもりはなかったのだ。

次に口をひらく者がなく、道場内が静まったとき、

「狩谷どの、頼みがある」

源之助が、声をあらためて言った。

「何だ」

「おれに、居合を指南してくれないか。前から、居合も身につけたいと思っていたのだ」

源之助が唐十郎を見つめて言うと、

「それがしも、指南を仰ぎたい」

と、木島が身を乗り出した。

「青山道場は、どうするのだ」

唐十郎が訊いた。源之助は、一刀流を指南する道場主である。

「むろん、一刀流の指南に支障のないようにする」

源之助が、きっぱりと言った。

「それなら、刀を速く抜くことだけでも、身につけたらどうだ。敵を斬るのは、一刀流の技の方が上だろう」

唐十郎が言った。素早く抜刀する技だけでも身につければ、真剣勝負のときに役に立つだろう。

「それだけでいい」

源之助が、表情をやわらげて立ち上がった。

木島も、傍らに置いてあった大刀を手にして腰を上げた。

「他流のことは知らないが、小宮山流居合は、まず敵との間合を読み、敵と対峙する前に抜刀体勢をとる。そして、斬り込むことのできる間合に入るや否や仕掛けるのだ」

唐十郎が、一足一刀の斬撃の間合に入る前に左手で鯉口を切り、右手を柄に添えることを言い添えた。

「やってみよう」

源之助が抜刀体勢をとった。

「おれも、やってみます」

木島も、源之助と並んで抜刀体勢をとった。

源之助と木島は、ゆっくりとした動きで刀を抜いた。

「いい動きだ！」

唐十郎が、ふたりに声をかけた。

それからしばらく、道場内に源之助と木島の気合と床を踏む音が響いた。

一刻（二時間）ほどすると、さすがにふたりの息が荒くなり、体の動きも鈍くなってきた。

「これまでだな」

唐十郎が、ふたりに声をかけた。

源之助と木島は刀を鞘に納め、荒い息を吐きながら、唐十郎の前に立った。ふたりの顔が汗で光っている。

「さすが、一刀流の遣い手だけはある。何年も居合の稽古を積んだ者のようだぞ」

唐十郎はそう言った後、

「今度、青山道場に行ったとき、おれに一刀流を指南してくれ」

と、源之助に頼んだ。

「いいだろう。一緒に、一刀流と小宮山流居合の稽古をしよう」

源之助が声高に言った。

するとその場にいた男たちから、「青山道場は、一刀流と居合の指南道場だ」という声が上がった。

一〇〇字書評

切・り・取・り・線

購買動機（新聞、雑誌名を記入するか、あるいは○をつけてください）	
□（　　　　　　　　　　　　　　　　　）の広告を見て	
□（　　　　　　　　　　　　　　　　　）の書評を見て	
□ 知人のすすめで	□ タイトルに惹かれて
□ カバーが良かったから	□ 内容が面白そうだから
□ 好きな作家だから	□ 好きな分野の本だから

・最近、最も感銘を受けた作品名をお書き下さい

・あなたのお好きな作家名をお書き下さい

・その他、ご要望がありましたらお書き下さい

住所	〒				
氏名		職業		年齢	
Eメール	※携帯には配信できません		新刊情報等のメール配信を 希望する・しない		

この本の感想を、編集部までお寄せいただけたらありがたく存じます。今後の企画の参考にさせていただきます。Eメールでも結構です。

いただいた「一〇〇字書評」は、新聞・雑誌等に紹介させていただくことがあります。その場合はお礼として特製図書カードを差し上げます。

前ページの原稿用紙に書評をお書きの上、切り取り、左記までお送り下さい。宛先の住所は不要です。

なお、ご記入いただいたお名前、ご住所等は、書評紹介の事前了解、謝礼のお届けのためだけに利用し、そのほかの目的のために利用することはありません。

〒一〇一‐八七〇一
祥伝社文庫編集長 坂口芳和
電話 〇三（三二六五）二〇八〇

祥伝社ホームページの「ブックレビュー」からも、書き込めます。
www.shodensha.co.jp/bookreview

祥伝社文庫

剣鬼攻防（けんきこうぼう）　介錯人（かいしゃくにん）・父子斬日譚（ふしざんじつたん）

令和2年10月20日　初版第1刷発行

著　者　鳥羽亮（とばりょう）
発行者　辻　浩明
発行所　祥伝社（しょうでんしゃ）
東京都千代田区神田神保町3-3
〒101-8701
電話　03（3265）2081（販売部）
電話　03（3265）2080（編集部）
電話　03（3265）3622（業務部）
www.shodensha.co.jp

印刷所　萩原印刷
製本所　ナショナル製本
カバーフォーマットデザイン　中原達治

Printed in Japan ©2020, Ryō Toba ISBN978-4-396-34680-5 C0193

祥伝社文庫の好評既刊

鳥羽亮　冥府に候　首斬り雲十郎

藩の介錯人となるべく江戸で学ぶ鬼塚雲十郎。だが政争に巻き込まれ……居合の剣〝横霞〟が疾る！

鳥羽亮　殺鬼に候　首斬り雲十郎②

秘剣を破る、二刀流の剛剣の刺客現わる！　雲十郎は居合と介錯を融合させた新たな秘剣の修得に挑んだ。

鳥羽亮　死地に候　首斬り雲十郎③

「怨霊」と名乗る最強の刺客が襲来。居合剣〝横霞〟、介錯剣〝縦稲妻〟の融合の剣〝十文字斬り〟で屠る！

鳥羽亮　鬼神になりて　首斬り雲十郎④

畠沢藩の重臣が斬殺された。幼い姉弟に剣術の指南を懇願される雲十郎。父の敵討を妨げる刺客に立ち向かう！

鳥羽亮　はみだし御庭番無頼旅

外様藩財政改革派助勢のため、奥州路を行く〝はみだし御庭番〟。迫り来る反対派の刺客との死闘、白熱の隠密行。

鳥羽亮　血煙東海道　はみだし御庭番無頼旅②

初老の剛剣・向井泉十郎、若き色男・植女京之助、そして紅一点の変装名人・おゆらが、父を亡くした少年剣士に助勢！

祥伝社文庫の好評既刊

鳥羽　亮　中山道の鬼と龍　はみだし御庭番無頼旅③

火盗改の同心が、ただ一刀で斬り伏せられた！　公儀の命を受けた忍び三人は、剛剣の下手人を追い倉賀野宿へ！

鳥羽　亮　奥州乱雲の剣　はみだし御庭番無頼旅④

長刀をふるう多勢の敵を、庭番三人はいかに切り崩すのか？　流派の対立を超えた陰謀を暴く、規格外の一刀！

鳥羽　亮　箱根路闇始末　はみだし御庭番無頼旅⑤

飛来する棒手裏剣……修験者が興した謎の流派・神出鬼没の〝谷隠流〟とは？　忍び対忍び、苛烈な戦いが始まる！

鳥羽　亮　悲笛の剣　介錯人・父子斬日譚

その剣はヒュル、ヒュルと物悲しい笛の音のよう――野晒唐十郎の若き日と生前の父を描く、待望の新シリーズ！

鳥羽　亮　迅雷　介錯人・父子斬日譚②

頭を斬り割る残酷な秘剣遣いを討つべく、唐十郎とその父の鍛錬の日々が始まる。隠れ家を転々とする敵は何処に？

鳥羽　亮　仇討双剣　介錯人・父子斬日譚③

父の敵を討ちたいという幼子ふたりに、唐十郎の父・狩谷桑兵衛が授けた策とは？　貧乏道場の父子、仇討ちに助太刀す！